中公文庫

軒猿の娘

岩室　忍

中央公論新社

目次——軒猿の娘

軒猿の娘

対馬谷の鶴

元亀《げんき》元年（一五七〇）十二月、上杉輝虎《うえすぎてるとら》は法号上杉不識庵謙信《ふしきあんけんしん》と名を変えた。

その三年後の元亀四年四月十二日、謙信の宿敵武田信玄《たけだしんげん》が三方ヶ原《みかたがはら》で、徳川家康《とくがわいえやす》と戦い甲斐《かい》に帰還する途中、三州街道の南信濃《みなみしなの》下伊那阿智村駒場《しもいなあちむらこまば》を行軍中に、孫子《そんし》の風林火山の旗を立てたまま路傍で死去した。陣中死である。

「源四郎《げんしろう》、瀬田《せた》に旗を立てよ」

そう山県昌景《やまがたまさかげ》に命じて信玄が死んだ。享年五十三だった。

その頃、前年から信玄が仕掛けた加賀《かが》と越中《えっちゅう》の一向一揆《いっこういっき》が合流、謙信に戦いを挑んだため大混乱に陥り苦戦し、謙信は再度、椎名康胤《しいなやすたね》の松倉城《まつくらじょう》を攻撃していた。

信玄は一向一揆の総帥、石山本願寺《いしやまほんがんじ》の顕如光佐《けんにょこうさ》と義兄弟で、加賀や越中、越前《えちぜん》の一向一揆を動かす力を持っていた。

信玄の妻三条《さんじょう》の方《かた》と顕如の妻如春尼《にょしゅんに》は姉妹だった。

謙信の本陣に、信玄の上洛戦を見張っていた越後《えちご》の間者軒猿弥平次《のきざるやへいじ》が戻ってきた。

軒猿は聞者役《ききものやく》という謙信の忍び衆だ。

「お頭、武田信玄が南信濃阿智村の駒場で落命、三万の大軍は急ぎ甲斐に戻りましてございます」

「何《な》んだと、長篠城《ながしのじょう》にいた信玄が死んだというのか？」

「はい、甲斐に戻る途中、阿智村駒場辺りで落命し、近くの長岳寺《ちょうがくじ》にて火葬するのを小兵衛《こへえ》と見ておりました」

「信玄を火葬したというのか？」

「おそらく甲斐に遺骸を運ぶのは、死臭を街道にまき散らすようなものにて、信玄の死を隠すため密かに火葬にしたものと思われます」

「なるほどこの暑さだ。遺骸はすぐ腐るからな」

「二日もすれば死臭が街道に充満します。とても甲斐までは運べないと判断したものと思います。それで密かに火葬を……」

「うむ、あり得るな」

配下の報告を聞いた軒猿の頭領、加藤段蔵《かとうだんぞう》がしばらく腕を組んで考え込んだ。信玄ほどの武将を火葬にして甲斐に戻ったことが気に入らない。

だが、配下のいうことももっともだ。

おそらく、信玄の重臣たちは主君の死を隠すことが、最も大切だと考えたのだろうと想像できる。その火葬を軒猿に見られた。

信玄は前年の十月の初め、上洛する目的で徳川家康の遠江《とおとうみ》に雪崩《なだ》れ込み、二俣城《ふたまたじょう》など多くの城を陥落させ三方ヶ原で家康と戦って勝利、そのまま尾張《おわり》に入って信長《のぶなが》と決戦かと思われた。

ところが三河《みかわ》の小さな野田城《のだじょう》を落とすと、あろうことか信玄は長篠城に引いて二ヶ月も動かなくなった。

「信玄の陣中死ではないのか？」

何んの理由もなく戦いの最中に二里以上も後ろに下がる信玄ではない。信玄のこの動きに異変を感じた段蔵は配下の軒猿に真相を探らせていたのだ。

「信玄は病のようだな。そのため長篠城に引いて養生しているようだ」

軒猿たちの懸命な探索でそこまで探りあてていた。信玄の病状はまったくわからなかった。

その信玄が甲斐に帰還する途中で死んだとはにわかには信じられないが、阿智村の長岳寺で火葬が行われたことは間違いない話だろう。火葬されたのは誰か。

それを軒猿弥平次は信玄に間違いないという。

配下の軒猿がそんな大切なことを見間違うはずがない。

陣中死はそう多くはないが、段蔵も聞いたことはある。戦場では何が起きてもおかしくない。信玄はなにか病を抱えたまま戦場に出たのか、陣中で暗殺されたということもあり得る。

徳川家康の祖父清康《きよやす》は陣中で家臣に斬られて死んだ。

段蔵はそんなことを思い出して、あの信玄はもうこの世にいないかと思う。だが、ここは慎重に考えるべきだとも思う。あの信玄が生きていていきなり、信濃に姿を現すなどという罠を仕掛けてくるかもしれない。

もちろん段蔵は配下の軒猿たちを信じている。

命を懸けて信玄の生死を探りあててきた苦労は並大抵ではない。武田には信玄が育てた間者集団や歩《ある》き巫女《みこ》がいる。武田軍に属する六文銭《ろくもんせん》の真田《さなだ》には滋野《しげの》忍者という優秀な忍びたちもいた。

武田と手を結んでいる北条《ほうじょう》には風魔《ふうま》という忍びもいる。

乱世は油断して隙を見せたらそこに襲い掛かられるのだ。おそらく武田家は徹底的に信玄の死を隠すだろう。

油断も隙もあったものではない。

「弥平次、その火葬は織田《おだ》の透波《すっぱ》や北条の風魔にも見られたな？」

「はい、北条の風魔の動きはわかりませんが、織田の透波は間違いなく見ていたものと思われます」

「ということは、真田の滋野や武田の三ツ者《みつもの》もその場を見ていたことになる」

「武田軍が三河の長篠城から出た時に、怪しげな武士や商人、浪人や僧侶などが動き出しておりました」

「それでは信玄の死は間違いなさそうだな？」

「はい、甲斐に引き上げた武田軍の中には、信玄もおりましたし風林火山も立っていましたが、あの信玄は影武者に間違いございません。そうでなければ三河の野田城陥落後の武田軍の動きの説明ができません」

弥平次が自信満々で言い切った。

「よし、殿にお知らせしよう。ご判断があるだろうからな、一緒にまいれ！」

「はッ……」

段蔵は越後春日山城《かすがやまじょう》の対馬谷《つしまだに》の、軒猿をまとめる頭領として謙信に信頼されている。何か特別な事情がない限り段蔵はすぐ謙信と会うことができた。それほど謙信は段蔵たち軒猿が集めてくる各地の知らせを大切に考えていた。その上で何が起きているのかを分析する。それが謙信で戦いに強い源泉はそこにある。

軒猿弥平次を連れて段蔵が城に上がると、近習《きんじゅ》が謙信に取り次いで面会が許された。

もう夜になって、無敗の軍神上杉謙信は鎧を脱ぎ花柄の小袖を着て、僧衣を引っかけ琵琶を抱いて小姓《こしょう》二人を前に酒を飲んでいた。

肴《さかな》は味噌と梅干という質素さだ。

謙信は無類の酒好きで行軍中も馬上杯《ばじょうはい》を手放さない。ほろ酔いしながら戦っても勝つという不思議な武将だ。自らを毘沙門天《びしゃもんてん》の化身と信じる謙信は妻帯していなかった。宗心《そうしん》という臨済宗《りんざいしゅう》の法名を持ち、戦場では僧衣の上に鎧をつけて、白い頭巾で頭を覆うだけという出陣なのだ。

人は無敗の軍神とか北天《ほくてん》の毘沙門天とかいう。

毘の旗が立つところには風雲が渦巻くともいうのだ。義を標榜して正義と信じる戦いをしてきた。信玄のように闇雲に領土拡大の戦いはしなかった。上杉家の関東管領《かんとうかんれい》を引き継いでもいる。

「みな、下がれ……」

弥平次を連れてきた段蔵の顔色を見て謙信は小姓二人に座をはずさせた。

謙信が好きな酒を飲んでいる時、ほとんどの家臣は近づかない。静かな独酌が好きで酔ってくると謙信は琵琶を抱いて平家物語《へいけものがたり》を吟《ぎん》じる。

じゃらんと撥《ばち》が絃《げん》を弾く。

「祇園精舎《ぎおんしょうじゃ》の鐘の声　諸行無常の響きあり　沙羅双樹《しゃらそうじゅ》の花の色　盛者必衰《じょうしゃひっすい》の理《ことわり》をあらはす　おごれる人も久しからず　ただ春の夜《よ》の夢の如し　たけき者も遂には滅びぬ　ひとへに風の前の塵《ちり》に同じ……」

家臣はどこにいても謙信の琵琶の音を聞くと安心する。

毘沙門天さまが酒に酔ってご機嫌なのだと思うからだ。謙信は平伏した段蔵と弥平次をしばらく見ていた。

その眼は酔っている。

謙信に抱かれた青黒い平家琵琶の胴には、金色の龍が遊び二つの三日月を呑もうとしている。

「急ぐことだな?」

「御意……」

「信玄入道《にゅうどう》のことであろう?」

「はッ!」

「面をあげろ……」

謙信に用向きを言い当てられ、段蔵と弥平次は仰天して謙信を見た。

雪国の女のように色白の謙信は薄く微笑んでいる。切れ長の眼にうっすらと涙が浮かんでいた。

「死んだか?」

「はい……」

「あれは十二日の昼過ぎであった。城攻めの最中に信玄入道が現れ、鎧を着て余の馬の前に立っていた。その時、入道が死んだと分かった」

「信玄入道が殿に会いに来たと？」

「そうだ。一言、四郎《しろう》を頼むと言って消えた」

謙信は盃を置くと琵琶を抱いたまま合掌した。謙信の前に信玄が現れた時は、阿智村駒場で信玄が落命した刻限だった。四郎とは武田勝頼《かつより》のことだ。乱世の名将武田信玄は息子の勝頼に、この後は上杉謙信を頼れという遺言を残して亡くなったのである。

「弥平次が阿智村の長岳寺で信玄の火葬を見て戻ってまいりました」

「そうか。入道は火葬されたか？」

「御意……」

「この暑さだからな。弥平次、寄れ。よく入道の死を突き止めた。余の盃をやろう。入道の供養だ」

「はッ、有り難く頂戴いたしまする」

弥平次が盃を持つと謙信が自ら酌をした。謙信が軒猿に酌をしたのは初めてだ。弥平次の盃を持つ手が震えた。

有り難くも勿体ない盃である。

「飲め。段蔵、入道のような好敵手はもう現れまい。入道が広げた領土を四郎はおそらく守り切れないだろう。余に助けを求めてくるかだが、もう信長も入道の死には気付いているだろう。四郎はその信長に間違いなく狙われる」

「信長は京に向かっておりますが？」

「後ろが安心になったからだ」

「入道が死んだと知ったことで？」

「おそらくな、信長という男には天祐《てんゆう》がついてまわる。おもしろい男だ」

この頃、謙信と信長は手を結んでいた。信長は謙信と信玄を怖がっている。

灯かりに照らされて少し酔っている謙信の頬がうっすらと赤い。花柄の小袖を着て色が白く雪国の女のようだ。

「段蔵も飲め、入道が鬼籍《きせき》に入った。いずれ人はみな仏のもとに行く。供養するのは生きている者の務めだからな」

「はい……」

「ところで逆鶴《さかつる》が戻ったそうではないか？」

「はッ、戸隠《とがくし》から戻ってきました」

「鶴《つる》は幾つになった」

「十七にございます」

「鶴が戸隠に行ったのは五つではなかったか？」

「はい、十二年間の修行を終わりましてございます」

「うむ、よく耐えたものだ。その鶴と会いたいが？」

「早速、御前に連れてまいります」

謙信の前から下がると段蔵は嫡男の小太郎《こたろう》と、弥平次と戻ってきた小兵衛の二人を春日山城の対馬谷に向かわせた。

富山城に対する謙信の猛攻が続いている。

富山城は神通川《じんづうがわ》の南岸に築かれた城で、豊富な水の濠に影を落とすことから浮城《うきしろ》とも呼ばれていた。若狭《わかさ》、越前、加賀、能登《のと》、越中、越後そして、佐渡《さど》に向かう北国街《ほっこくかい》道《どう》と飛騨街道《ひだかいどう》の交わる越中の要衝《ようしょう》になっている。

謙信は何んとしても富山城を落とす覚悟だ。

その夜、謙信はフッと風の音を聞いて目を覚ました。部屋の灯かりが消えて静かだが人の気配がする。

「鶴か？」

謙信が部屋の隅の暗がりに誰何《すいか》した。

「はい、逆鶴にございまする」

うずくまっていた黒い影が答えた。

本当は鶴という名なのだが、幼い頃からお転婆《てんば》で逆鶴というあだ名がついた。それを気に入って自ら逆鶴という。

「ここに入れ！」

「はい……」

黒い影が立ち上がると素早く黒装束を脱ぎ、素っ裸になって謙信の褥《しとね》に横になった。

「寒くないか？」

「はい……」

逆鶴は謙信の白い寝衣《ねまき》を脱がせようとした。

「鶴、宗心という名を知っているか？」

「はい……」

逆鶴は謙信の寝衣の帯を解いた。

「余は臨済僧だぞ？」

「はい……」

逆鶴は帯を解いて寝衣を脱がせると謙信の胸に顔を埋めた。その時、逆鶴は跳ね飛ばされるように謙信から離れた。

「驚いたか？」

謙信の胸に豊かな乳房があった。逆鶴はその場に平伏した。

その腕を謙信がつかみ逆鶴は謙信に強く引き寄せられる。黙って謙信は逆鶴の手を股間に持って行った。

「あッ！」

「握れ！」

謙信の股間にはまぎれもない男根がある。

瞬間、逆鶴は謙信が間違いなく乳房と男根を持つ毘沙門天の化身だと確信した。逆鶴は誰も知らない謙信の秘密を知った。

「殿……」

謙信に逆鶴が覆いかぶさっていった。

この生きた仏の体は自分だけのものだと逆鶴は思う。何んと愛おしいのだ。心からそう思った。

逆鶴は自分の小さな乳房を謙信の大きな乳房に押し付ける。

「驚いたか？」

「はい……」

「この体は毘沙門天さまの体だ。男と女の両方を持っている。分かるか？」

「はい……」

逆鶴は謙信の男根を握っていた。それを自分の股間に挟んだ。

暗闇の中で逆鶴の荒い息づかいがする。秘かに泣いていた。この毘沙門天の不思議な体を知っている女が四人になった。

最初の女は謙信が二十三歳でまだ長尾景虎《ながおかげとら》と名乗っている頃だ。

戦上手の景虎は越後から上野《こうずけ》に攻め込んで行った。それまで、北条に臣従していた上野平井城《ひらいじょう》の主、千葉采女《ちばうねめ》は十七歳の娘伊勢姫《いせひめ》を人質に差し出して降伏した。

その美しい伊勢姫を見て二十三歳の景虎は恋に落ちた。

伊勢姫も、女のように色白で切れ長の眼でやさしそうな、越後の毘沙門天といわれる景虎に恋をした。

二人は平井城で過ごし互いに愛し合ったが、この景虎の振る舞いに柿崎景家《かきざきかげいえ》ら家臣団が「敵将の娘を傍に置くとは何事か！」と激怒する。

この時、景虎には直江《なおえ》大和守《やまとのかみ》景綱《かげつな》の娘で笛姫《ふえひめ》という恋人がいた。十五歳の時から景虎の傍にいて五年になる。

景虎の正室といってもよい姫だった。

家臣団の猛反対で景虎と伊勢姫は恋仲を引き裂かれる。景虎が城を出ると絶望した伊勢姫は青《しょう》龍《りゅう》寺《じ》に入って出家。

その数日後、伊勢姫は景虎に捨てられたと、思い悩んだ挙句に自害して果てた。

それは伊勢姫の誤解だった。

景虎は姫を深く愛し苦しんでいたのである。

自害の知らせに景虎は平井城に引き返したが、伊勢姫の亡骸《なきがら》は千葉采女の手にあり会うことができなかった。

この衝撃で景虎は寝込んでしまう。

翌年、景虎は上洛した。その時、景虎は当時右大臣だった近衛前久《このえさきひさ》の歌会に招かれ、公家たちが田舎大名の歌などと見下しているとその高慢な鼻をへし折り、公家たちの度肝を抜く秀歌を景虎が披露する。

景虎は源氏物語を始め、王朝の雅《みやび》な物語から勅撰《ちょくせん》の歌集などをよく読んでいた。その知識は深く、和歌なども多くの歌を諳《そら》んじているほど、造詣《ぞうけい》が深く公家たちよりよほど秀歌をものした。

それで摂関家の近衛前久と意気投合して盟約を誓い合った。

近衛前久には絶姫《たえひめ》という十八歳の美しい妹姫がいた。姫は景虎から贈られた見事な恋歌に心を揺さぶられる。

返歌の代わりに景虎を恋するという舞を舞った。

二人の恋心は一気に燃え上がってしまうと、景虎と絶姫は結ばれ誰にも止められなかった。

その恋は激しく絶姫の命は燃え尽きてしまう。

この旅の途中で景虎は大徳寺《だいとくじ》の徹岫宗九《てつしゅうそうきゅう》から、三帰五戒《さんきごかい》と衣鉢《いはつ》と法号宗心を授けられ臨済僧となった。

絶姫は景虎を忘れられず、帰国した景虎を追って男装すると京を出て越後に向かう。

だが、越後への旅は京の姫には過酷である。越後は姫が易々と足を踏み込める地ではなかった。

途中で大雪に見舞われ進退窮まった絶姫は、哀れにも病に倒れて亡くなる。

伊勢姫、絶姫と立て続けに恋をした景虎は、自分の傍から笛姫が消えたことに気付かなかった。

笛姫はもう二十一歳になっていた。

「お笛はどうした？」

景虎は春日山城に帰り、いつも傍にいる笛姫のいないことに気付いて近習に聞いた。

「姫さまは信濃の善光寺《ぜんこうじ》にお参りに行くと、四日ほど前に城を出て行かれましたが……」

「何ッ、善光寺だと？」

「はい、確かに善光寺参りと申されましたが……」

「すぐ段蔵を呼べ！」

たちまち春日山城が大騒ぎになった。

笛姫がなぜ善光寺に向かったのか景虎には分かる。

善光寺は宗派が成立する以前からの古い寺で、天台宗《てんだいしゅう》の大勧進《だいかんじん》と浄土宗《じょうどしゅう》の大本願《だいほんがん》に護持され運営されている不思議な寺だ。

浄土宗の大本願は尼寺で住職は善光寺上人という。

笛姫はその尼寺に向かったと景虎は判断した。

景虎の妻になれないため、尼僧になる覚悟で出奔《しゅっぽん》したのではないかと思った。景虎のこの考えは当たっていた。

「お笛は誰を連れて行った！」

「お登喜《とき》殿だけにございます……」

「何ッ、侍女一人だけを連れて城を出たというのか？」

「御意！」

「くそッ、直江大和を呼べ！」

いつも沈着冷静な景虎が顔を赤くして大慌てだ。怒ったように気色《けしき》ばんで、毘沙門天の化身と呼ばれる若き大将ではない。近習たちが城下や対馬谷に走った。

仏の胸

この時、長尾景虎は初めて笛姫を深く愛していたことに気付いた。

「殿！」

軒猿の頭領加藤段蔵が太刀を握って景虎の居室に飛び込んできた。何かあればいち早く呼ばれるのが段蔵である。

「段蔵、お笛がお登喜と二人で善光寺に向かった。連れ戻せ！」

「いつにございますか？」

「四日前だそうだ。足弱な二人だ。まだ善光寺に着いていまい」

「お二人だけで？」

「そうだ」

「何んと……」

「急げ、なにがなんでも連れ戻せ！」

景虎の部屋を飛び出した段蔵は春日山を転がるように走り下った。

途中で直江大和守とすれ違ったが戻る猶予はない。そのまま対馬谷へ走って軒猿を集める。

「お笛さまがお登喜殿と二人で善光寺に向かわれた。四日前だそうだ。連れ戻せとの殿のご命令である。急いで追え！」

軒猿たちが一斉に対馬谷を飛び出した。

「馬引け！」

段蔵も馬に飛び乗ると善光寺に向かう。

その頃、城では景虎の部屋に直江大和守と本庄《ほんじょう》新左衛門《しんざえもん》、柿崎景家の口うるさい三人が集まっていた。

「殿、いつまでもグズグズと、お笛さまはもう二十一でございますぞ」

話を聞いて飛んできた景家が大和守に代わって怒っている。景虎はお笛を好きだったがいつも一緒で愛しているとは思わなかった。

あまりに近すぎるとそんなことがある。景虎の大失敗だ。

「段蔵殿が連れ戻されましたら、お笛さまを正室に置かれますよう願い上げまする」

「正室……」

「何か、ご不満でも？」

新左衛門が景虎に詰め寄った。

「お笛に不満などない。だが、余は毘沙門天の化身……」

「殿、毘沙門天は妻を娶《めと》ってはいかんという教えでもあるのかな。いつまでもだらだらとしまりのない」

柿崎景家は部屋に入ってきた時からかんかんに怒っている。

「余は宗心という禅僧だ」

「そんなことを言っているから、お笛さまが逃げ出したのですぞ。お笛さまを善光寺で尼僧にしてから正室に迎えればいい。禅僧と尼僧だ。仏さまも喜ばれるわい」

　景家は無茶苦茶なことを平気でいう。

「殿がこれ以上渋るなら、娘は他へ嫁に出します」

　温厚な直江大和守までが怒ってしまった。

「大和殿、そう事を荒立てずに、ここはまずお笛さまを探すことが第一、それまで、殿に考えていただきましょう」

　幼い頃から景虎を育ててきた本庄新左衛門が場を落ち着かせる。お笛は直江大和守の娘で妹にお船《ふね》がいる。

　このお船は後に直江兼続《かねつぐ》の妻になった。

「殿はグズじゃ。女にはからっきしだ。跡取りを作ってもらわねば困る。跡取りを産むのは尼僧でも百姓女でも誰でもよい。丈夫な男の子が欲しいのだ」

　無茶苦茶を言う景家を景虎がジロリと睨んだ。

　だが、景虎が反抗しても景家の言い分は正しい。

「殿は出家されたわけではありませんぞ。わしはまだ在家だと思って殿にお仕えしております。隠居爺のようなことは言わないでもらいたい」

　景虎の心に宿る仏性を景家は認めない。僧だというのならそれでもいいが、まずは後継の子を作るのが何よりも先だ。

四人の話し合いは夜遅くまで行われた。

その頃、信濃善光寺の大本願の尼寺では、住職の善光寺上人の手で笛姫の髪が切り落とされた。

尼僧になったお笛とお登喜の二人は信濃を南下し京に向かっていた。

善光寺の大本願に飛び込んだ段蔵は、笛姫が尼僧になったことを知った。

だが、その行方は杳《よう》として分からなくなった。尼僧と行き違っていないのだから北の越後には向かっていないはずである。

「東、南、西だ。分かれて探せ！」

段蔵の命令で軒猿が三手に分かれて笛姫を追った。だが、二日経っても三日経っても笛姫とお登喜の行方が分からない。

「頭、どこかの寺に入っているのではありませんか？」

「寺か。それも考えられるな。探せ！」

探索を仕事とする軒猿が探せないはずがない。だが、見つからない。段蔵は絶対探せないはずがないと思っている。

足弱な女二人と甘く思っていた。

だが、実は二人とも既に下諏訪《しもすわ》から中山道《なかせんどう》を西に向かい、追われるだろうと思い大急ぎで美濃《みの》に入ろうとしている。

明らかに段蔵は後手を踏んだ。

それに気付いた段蔵は馬に乗ると一人で善光寺から京に向かう。

何んとしても二人を探し出したい。だが結局、段蔵も配下の軒猿も二人を探し出すことができなかった。

半月後、配下に探索を続けさせて段蔵は春日山城に戻ってきた。

「どうした。段蔵……」

やつれた段蔵を心配そうに景虎が聞いた。

「殿、やはり善光寺にて尼僧になっておられました」

「そうか、尼に……」

「ところがお笛さまもお登喜殿もどこに消えたのか、京まで行ってまいりましたが探し出せません。信濃、美濃、近江《おうみ》と二人の尼僧を見かけた者はいるのですが、足取りがすぐ消えてしまうのです。京に向かったことまでは突き止めたのですが……」

「お笛は京に行ったか。余から逃げたのだな。引き続き数人で二人を探せ。他の配下は引き上げろ、このことだけに張り付かせることはできないだろう」

「はい、必ず、探し出します。申し訳ございません」

その夜、対馬谷に柿崎景家が現れ、尼僧二人を探し出せないとは、軒猿は何をしているのだと段蔵が散々叱られた。

この笛姫事件以来、景虎は傍に女を近づけなくなった。もう二十年になる。

逆鶴が四人目の女だ。謙信は久しぶりに女の匂いに酔った。

「鶴、信長を殺せ……」

ハッと逆鶴は謙信の胸から顔を上げて暗がりで仏の眼を見た。涙を拭うと謙信の眼がキラキラと光っている。何んの灯かりだろうと思った。

「これは、余が鶴に与える密命じゃ。誰も知らぬことだ。ここにいるのは余と鶴だけ、後は仏しか知らぬことゆえ、この密命は余が死んでも続くと思え、いいな……」

「はい……」

「この命令は五年後でも十年後でも実現すればよい。あの男は生かしておくと天子さまや将軍さまにあだなすと見た。必ず殺せ……」

逆鶴は話を聞きながら、そっと顔を謙信の乳房の間に埋めた。

「詳しくは春日山の余の寝所にまいれ、そこで話す……」

「はい……」

逆鶴は謙信の胸でうとうとした。

大きな仏の胸に抱かれているような気がする。いつの間にか逆鶴はまた謙信の男根を握っていた。

翌日、上杉軍の総攻撃が富山城に加えられ落城した。

その日は謙信の本陣に逆鶴が化けた美しい小姓がいた。これまで誰も見たことのない可愛い小姓だ。

何んとも愛らしいがどこから来たのか誰の子かわからない。

何者かは謙信と段蔵しか知らない。富山城が落城すると謙信は近習と馬廻りを率いて越後に引き上げた。

五月になり北国も暖かい日が続き対馬谷が新緑に包まれた。

対馬谷には加藤段蔵の軒猿屋敷や、軒猿たちの家が集まった小さな村ができている。

村はずれに逆鶴の百姓家があった。逆鶴の正しい名は宇佐美《うさみ》鶴女《つるじょ》という。誰も鶴女などとは呼ばない。

何をやらせても男勝りで気が強く元気がいい。

宇佐美鶴女が戸隠に修行に出る時、景虎はお転婆な鶴に誰もが呼んでいた逆鶴という名を与えた。

わずか五歳の娘が親元を離れるのだが鶴女は泣かなかった。

逆鶴の宇佐美家は上杉四天王と言われる宇佐美駿河守定満《するがのかみさだみつ》の連枝《れんし》で、伊豆《いず》の宇佐美から出た一族だ。

今は加藤段蔵の配下として対馬谷に住んでいる。

段蔵は相模《さがみ》の風魔次郎《じろう》の弟子で、飛加藤《とびかとう》という異名で相模、甲斐、三河、尾張などに広く知られている。

段蔵は腕利きの忍者であると同時に怪しげな術も使った。

牛を丸呑みにしたり、瓢箪《ひょうたん》の種を発芽させ花を咲かせ実を結ばせるなど、陰陽師《おんみょうじ》のような幻術も使う。

その段蔵が宇佐美長左衛門《ちょうざえもん》の家に現れた。

「鶴はいるか？」

「お頭……」

配下の家などに現れることのない段蔵に長左衛門の妻冬烏《ふゆがらす》が驚いた。この長左衛門と冬烏も優秀な軒猿である。

「帰っているか？」

「はい、どうぞ……」

冬烏は段蔵を囲炉裏の傍に招き、白湯を出すと逆鶴を呼びに百姓家の二階に上がって行った。

「お鶴、お頭がおいでだ。お前を呼んでいる」

「うむ、分かった」

逆鶴は立ち上がると太刀を握って冬烏の後に続いた。逆鶴は囲炉裏の傍に座っている段蔵に平伏する。

「殿から話がある。登城するようにとのことだ」

「はい、畏《かしこ》まりました」

「何ごとも殿のご命令に従うように……」

「はッ！」

段蔵はそれだけ言うと百姓家から出て行った。

謙信と逆鶴の間に何があるのか、どんな話があったのかも段蔵は知らない。

あの夜、逆鶴は謙信から「信長を殺せ！」と密命を受けている。信長と謙信はこの時同盟していた。

謙信と信長は書状や物の交換をしている。

だが信玄が死んで、信長は強敵が上杉謙信ただ一人と思っているだろうことは、逆鶴にも想像ができる。

信長は京の天子さまや将軍さまにあだなす男だ。謙信がそう言ったのを逆鶴は確かに聞いた。

信長を殺せということは暗殺しろということだ。

父の長左衛門と兄の長兵衛《ちょうべえ》が見廻りから帰宅すると、逆鶴は夕餉《ゆうげ》を取り二階の自室で黒装束に身を包んだ。

「鶴、殿のお呼び出しだそうだな？」

「父上、鶴は幸せにございます」

眼だけを出して顔を頭巾で包んだ逆鶴が恥ずかし気に微笑んだ。

「うむ、これを持って行け。何もないがいざという時の黄金だ。少ないが二十五枚ある」

「二十五枚も？」

「わしの全財産だ……」

長左衛門は謙信に呼ばれて登城した軒猿たちが、それっきり家には戻ってこないと分かっている。

そういう者たちは何か特別な任につくのだと思う。

その仕事を終わらせない限り軒猿は対馬谷に帰ってこない。もちろん途中で命を落とす者もいる。

だが、その軒猿がどうなったかは、繋ぎを取っている頭領の段蔵しか知らない。

軒猿たちはいつでも命を捨てる覚悟で働いている。軒猿が最も得意なのは敵の忍びを殺すことだ。

つまり忍びを狩る忍びとして軒猿は恐れられている。

「間道《かんどう》を行け……」

「はい……」

逆鶴は黄金を懐に入れると二階の窓を開けて屋根に出た。

「父上、行ってまいります」

「うむ、達者でな……」

戸隠から戻って一ヶ月もせずに逆鶴は家を出た。

月のない対馬谷の暗い夜道を、春日山城に上る軒猿だけの道に向かう。その間道の入り口に黒い影が一人いた。

「誰だ？」

逆鶴が立ち止まると小声で誰何した。

「わしだ……」

「お頭……」

「鶴、これを持って行け」

段蔵が逆鶴に差し出したのは七、八寸の短刀だった。

「切っ先に毒を塗ってある。敵を刺すなり、己を刺すなり、好きなように使え……」

「お頭……」

「鶴、必ず、生きて冬鳥のところに帰れ、いいな」

「はい、必ず……」

「行け！」

逆鶴は真っ暗な山に入り、道なき道を上総介能元《かずさのすけよしもと》の屋敷に向かう。

能元は弥九郎《やくろう》という幼い頃から謙信の小姓だった。今は十七歳の若き近習で謙信に愛されている。

逆鶴は軒猿しか使わない夜の間道を、数町上って弥九郎の屋敷の前に出た。

その隣の石川備後守貞道《いしかわびんごのかみさだみち》の屋敷横から、上杉四天王と呼ばれる甘粕近江守景持《あまかすおうみのかみかげもち》の屋敷に上って行った。

三の丸ご門の傍の塀を飛び越え、三の丸に入ると米蔵の脇から二の丸に向かう。

逆鶴は急な道の端を這うように駆け上った。

二の丸から本丸まで入ると暫く城内の様子を窺う。近習の動きで謙信の寝所の様子が分かった。

城内の見廻りが松明《たいまつ》を掲げて引っ切り無しに通る。

松明を持っていないのが軒猿だ。近習たちの動きが止まるのを待って、逆鶴は見廻りや寝ずの番のわずかな隙に謙信の寝所に忍び込んだ。

「鶴か？」

「はい、お呼びにより……」

「うむ、越中でのことだな？」

「はい、密命を頂戴いたしました折に……」

「うむ、信長は比叡山《ひえいざん》を焼き討ちにするなど、その所業は甚だ不都合である。この先、朝廷や幕府に手を下すことも考えられる。あの者を放置できない。いずれ余も上洛するつもりだ。分かるな？」

「はい……」

謙信が褥に起き上がった。寝衣の胸が大きく膨らんでいる。

「ついてまいれ……」

寝衣のまま謙信が寝所を出た。眼を覚ました近習が薄明かりの中で平伏する。黒装束の逆鶴を見て太刀を抜こうとした。

「騒ぐな！」

謙信の命令でまた平伏する。

「護摩堂《ごまどう》に行く、誰もついてくるな」

そう命じて謙信が本丸を出ると、隣の護摩堂に向かった。

夜空には月がなく春日山城の天空には満天の星がきらめいている。

外は星明かりだが堂の中は真っ暗で、謙信が近づくと中から扉が開いた。誰かいると思って逆鶴は闇を睨んだ。

「入れ……」

謙信に促され逆鶴が護摩堂に入ると、真っ暗だがはっきり人の気配がした。誰なのか謙信は分かっている。

「小鶴《こづる》、灯を入れろ」

「はい……」

謙信の命令で護摩堂に薄い灯かりがともると、堂の隅の暗がりに小さな黒装束がうずくまっている。

「鶴、急遽、戸隠から小鶴を呼び寄せた」

「小鶴か？」

「はい、姉さま……」

小鶴が這って来ると逆鶴に抱きついた。つい一ヶ月前まで一緒に戸隠で暮らしていた二人なのだ。妹のように可愛がってきた。

「小鶴、紙と筆を持ってまいれ」

謙信は小鶴に命じ、小さな文机《ふづくえ》ごと運ばれてくると書状を書き始めた。

星の降る音も風の音さえ聞こえない閑《かん》とした静けさだ。山頂の護摩堂は毘沙門堂と並んでいる。

「段蔵、いるか？」

「はッ、控えておりまする」

護摩堂の奥から加藤段蔵の声がした。

「二人に誰を付けるか？」

「はい、小次郎《こじろう》を連れてまいりました」

「うむ、小次郎か……」

加藤小次郎は段蔵の次男で逆鶴と同い年の十七歳だ。

「鶴、この書状を京の近衛前久さまに、これを将軍義昭《よしあき》さまに差し出せ、小次郎が京まで案内する」

「はい、畏まりました」

「このまま、三人で京に向かえ。段蔵、支度はいいな？」

「はッ、整ってございます」

逆鶴、小鶴、小次郎の三人は謙信と段蔵に別れの挨拶をして護摩堂を出た。

深夜の星空の下を走って春日山を下り越中に向かう。

逆鶴と小鶴には二度と帰れないかもしれない春日山城だ。

謙信に密命を受けた軒猿はそれが実現するまで対馬谷には戻れない。どんな困難もやり遂げるのが軒猿だ。

忍びを狩る忍びとして諸国の間者たちに恐れられている戸隠の忍びだ。

軒猿飛加藤の名を知らない忍びはおそらくいないだろう。

三人は京に向かった。

将軍義昭

越中、加賀、越前、近江と歩いて湖西《こせい》の道を三人が南下している頃、湖東《ことう》の佐和山《さわやま》城《じょう》にいる信長は琵琶湖に浮かぶ巨船の建造に力を入れていた。

その船は全長が三十間、幅七間、片側五十丁艪《ちょうろ》という大きい船で舳《へさき》と艫《とも》に城郭を乗せている。

湖上に浮かぶ城で戦う船である。湖岸には信長に抵抗する浅井家《あざいけ》の城が多かった。

逆鶴一行は右手に焼き討ちされた比叡山を見ながら、坂本《さかもと》あたりの湖西の道を走って京に急いだ。

将軍義昭は武田信玄の上洛を頼って、信長包囲網で追い詰めようとしている。

だが、逆に信玄の急死で包囲網が崩れ信長が義昭を追い詰めた。

朝廷は両者に和睦するよう勅命を出したため、信長と義昭の戦いは一旦止まって休戦状態にある。

義昭は信長に怯えながらも敵対したのだ。

二条城《にじょうじょう》はすでに安全ではないと考え、丹波《たんば》の八木城《やぎじょう》や宇治《うじ》の槇島城《まきしまじょう》に移ろうと画策を始めている。

そんな騒然とした中に逆鶴一行が京に到着した。

既に、六月も半ばになっていた。

逆鶴と小鶴、小次郎の三人が深夜に易々と二条御所に忍び込んだ。将軍は薄明かりの寝所で寝息を立てて寝ている。

首をとろうと思えば容易《たやす》い。

将軍ともあろう人が何んとも不用心なことだと逆鶴は思った。織田の間者に狙われたらひとたまりもない。

「将軍さま……」

逆鶴が義昭の耳元で小さく囁いた。

「うむ……」

「お静かに願います。越後上杉謙信が家臣、逆鶴と申します」

「上杉……」

「はい、書状を持参いたしました」

そう言って逆鶴が義昭の褥の傍に平伏した。

義昭はゆっくり体を起こして逆鶴を睨み、部屋の隅にうずくまっている小鶴と小次郎の方も見た。

不思議なものを見るような眼だ。黒装束の忍びなど初めて見る。

「不識庵からの書状か？」

「はい……」

逆鶴が懐から出して義昭に謙信の書状を差し出した。

「三人とも顔を見せろ」

「はい……」

逆鶴が覆面を取って顔を義昭に見せた。小鶴と小次郎も覆面を取って薄明かりに顔を晒した。

「名乗れ……」

「宇佐美鶴と申します」

「本庄小鶴にございます」

「加藤小次郎にございます」

「うむ、三人とも若いな。遠路大儀である。そなたたちは越後の軒猿だな？」

「はい……」

義昭は謙信の書状を開くと「小次郎、灯かり……」と言った。

小次郎が灯かりを大きくすると部屋の隅まで明るくなった。義昭は書状を持ったまま小鶴をしげしげと見ている。

「小鶴、幾つだ」

「十五にございます」

「そうか……」

義昭は視線を書状に移して読み始めた。そこには謙信が上洛を考えていると書いてあった。

こういう知らせは義昭には願ってもないことだ。

「鶴、書状の趣《おもむき》はしかと分かった。明日にも返書を取りにまいれ……」

「畏まりました」

「小鶴、そなたには伽《とぎ》を命ずる。ここに残れ……」

三人はハッとして顔を上げ将軍を見た。

それに義昭がニッと笑う。悪いのかという顔だ。義昭は一目見て可愛らしい小鶴を抱きたいと思った。

「小鶴は傍にいて余を守ってくれ、不識庵の返書にそう書こう。鶴と小次郎は下がってよいぞ……」

逆鶴はいきなり小鶴を将軍義昭に取り上げられた。

将軍の所望では拒否することもできず、二人は不安そうな小鶴を二条城に残して御所を出た。

「小次郎、丹波黒井《くろい》城《じょう》には一人で行くから……」

「大丈夫か？」

「将軍さまから返書を受け取り、越後に戻ってお頭にこの始末を話してくれるか？」

「分かった。気を付けて行けよ」

小次郎は下京《しもぎょう》の宿所に向かい、逆鶴はそのまま丹波の黒井城に向かった。

その頃、近衛前久は京にいなかった。

放浪癖といっては失礼だろうが、近衛前久は五年前に、黒井城から摂津《せっつ》の石山本願寺に行き、四年後には河内若江城《かわちわかえじょう》に行き、今年、丹波の黒井城に戻ってきていた。

少々落ち着きがない。

黒井城主の赤井直正《あかいなおまさ》に近衛前久の妹が嫁いでいる。

逆鶴は近衛前久に会うため黒井城に行く。赤井直正は悪右衛門《あくえもん》とあだ名される少し変わった男だ。

黒井城は別に保月城《ほげつじょう》ともいい、名門赤松家が築いた。

猪ノ口山《いのくちやま》の山頂部に本丸、二の丸、三の丸、西の丸、北の丸、東《ひがしの》出丸《でまる》、水《みず》の手《て》曲《くる》輪《わ》、三段曲輪、帯曲輪、物見曲輪、石踏《せきとう》の段、太鼓の段などを備えた堅城で、その周囲を千丈寺砦《せんじょうじとりで》、竜《りゅう》が鼻砦《ばなとりで》、多田砦《ただとりで》、的場砦《まとばとりで》などが守っている。

だが、どんな堅城でも軒猿が忍び込めない城などない。

逆鶴は戸隠流十八門を身につけている忍びだ。九頭龍《くずりゅう》という鬼が棲む戸隠山で修行をしてきた。

師は百歳から先は歳を取ったことがないという怪物、戸隠岳雲《がくうん》で体術、剣法、馬術、水練、薙刀《なぎなた》、棒術、槍、手裏剣、鎖鎌、変装から天門、地門まで十八門をすべて学んだ。腕には自信がある。

城下で聞き込んだ話では、近衛前久が西の丸に住んでいることがわかった。

逆鶴は夕刻、千丈寺砦の山に上り、尾根沿いに西の丸に近づいて城内に入った。深夜にもかかわらず、近衛前久は起きて書見をしていた。

こういう忍び込みは戸隠流の基本だ。

黒装束の逆鶴は廊下に伏せて、小さな声で「越後、上杉謙信の使いでまいりました」と声をかけた。

「入れ……」

微《かす》かだがそう逆鶴には聞こえた。

板戸を開いて部屋に入ると寝衣のまま、前久は書見中で部屋の暗がりに平伏した逆鶴をジロリと見る。

逆鶴は覆面をしていなかった。

「不識庵殿の使いといったな？」

「はい……」

「名は？」

「宇佐美鶴と申します」

逆鶴は名乗ると黒装束の懐から謙信の書状を出す。

「寄れ……」

「はい……」

這って前久に近づくと書状を頭上に上げて差し出した。

「女の軒猿か……」

前久は謙信の使いできた段蔵とは何度も会っている。書状を開いて読んだ。

近衛家は五摂家《ごせっけ》の一つで、前久は六歳で元服し正五位下に叙された。翌年には七歳で左近衛少将、従四位昇叙《しょうじょ》、一ヶ月後には左近衛中将に昇進、三日後に従三位に昇叙して公卿《くぎょう》になった。

名門近衛家の当主である。

前久は二十二歳で左大臣を辞任し、二十五歳の秋に越後の景虎のもとに下向した。

前年五月に再上洛した景虎と意気投合し、近衛前久は景虎と盟約を結んだ。その約束の下向だった。

「余が越後に下ったのは十年以上も前である。不識庵殿は達者にしているか？」

「はい、越中や上野方面に出陣、忙しくしておられます」

「そうか。ところで鶴、ここに密命を与えたとあるが、いずれ時が来たら余に話してくれるか？」

「はい……」

前久はそれ以上、何も聞かなかった。

謙信の密命というからには、なかなか話しづらい内容だと思う。

前久が手を打つと板戸が開いて老尼僧が現れた。黒装束の逆鶴を見て老女が身を引いて驚いている。

「敵ではない。越後から来た鶴という女忍びだ」

「し、忍び？」

そんな危険な者がなぜここにいるのだという顔をした。

「上杉家からの使いの者だ。不識庵殿の書状を持ってきた。この娘は余が預かる。世話をしてもらいたい」

「畏まりました」

「鶴、余の身の回りをしている春光《しゅんこう》尼《に》だ。余のことは全て知っておる。仲良くいたせ」

「はい、宇佐美鶴と申します。よしなに願いまする」

「うむ、こちらへ……」

逆鶴は前久に平伏してから春光尼に連れられて寝所を出た。

その夜、逆鶴は春光尼に願って尼僧に化けた。十七歳のにわか作りの尼僧は輝くばかりに美しい。

翌朝、逆鶴を見た近衛前久が仰天した。

「出家したのか？」

「光鶴尼《こうかくに》と申します」

春光尼が勝手につけた逆鶴の名前を前久に披露した。

翌日には男装して前久の近習に化け、宇佐美鶴之助《つるのすけ》と名乗った。何んにでも変装できる七変化の逆鶴に前久は大喜びだ。宇佐美鶴、逆鶴、光鶴尼、宇佐美鶴之助と姿と名前を使い分ける。

春光尼は頭がこんがらかって大混乱だ。

黒井城の近衛前久の身の回りは、逆鶴の出現で一段と華やぎ賑やかになった。

ところが七月に入って京で事件が起きた。七月三日に将軍義昭が正親町《おおぎまち》天皇の勅命を破棄して挙兵、信長に敵対する。

義昭は二条城を細川藤孝《ほそかわふじたか》の兄三淵藤英《みつぶちふじひで》、伊勢貞興《いせさだおき》、日野輝資《ひのてるすけ》、高倉永相《たかくらながすけ》らに守備させ、自分は京を出て宇治の槙島城に立て籠もった。

「おのれ、義昭！」

この将軍挙兵の報に信長は激怒する。

七月五日に佐和山城で大船を完成させると、翌六日にはその大船で琵琶湖を渡って湖西の坂本城に入った。

まるで将軍義昭の挙兵に合わせたかのようにぴったりの船の完成だ。

信長は京の周辺に兵の動員を命じ、翌七日には入洛して妙覚寺《みょうかくじ》に布陣し二条城を包囲する。

京は大混乱に陥った。

丹波黒井城の赤井直正が将軍義昭の支援のため出陣するとの噂が広がった。

だが、黒井城では慎重な近衛前久と、悪右衛門の赤井直正が話し合い出陣はしないことになった。

信玄が死んだと思われる今、義昭を支援するのは厄介を背負い込むようなものだ。

こういう時は傍観するのが公家の流儀だ。

八日には信長の大軍を見た二条城の伊勢貞興、日野輝資、高倉永相らが逃げ出してしまう。

二条城に残ったのは三淵藤英一人と兵だけになった。

織田軍には続々と兵が集まり七万の大軍に膨れ上がっている。とても義昭が戦えるような状況にはない。

天下はすでに信長に大きく傾いている。

乱世を薙《な》ぎ払った信長の実力は絶大だった。それだけに朝廷は足利《あしかが》幕府を潰してしまいたくない。

義昭が死んでしまうと信長との間の緩衝がなくなる。

朝廷は強烈な個性の信長を今一つ信用できないでいた。正親町天皇がといっていいだろう。

信長の戦法はなんでも焼き払うことだ。

信長が焼き払うとぺんぺん草も生えなくなってしまう。

戦いになれば信長が京に火を放つだろう。そう危惧した柴田《しばた》勝家《かついえ》と細川藤孝が、三淵藤英を説得するため二条城に向かう。

藤英に戦意はなく織田軍の猛将柴田勝家と、弟の細川藤孝に説得され、十日に二条城は開城された。

三淵藤英は細川藤孝の実兄である。

藤孝は京の東山で生まれ、三淵家から細川家に養子に入った男だ。

丹波黒井城の前久は、将軍義昭がなぜ和睦の勅命を破棄してまで、信長に対して挙兵したのか考えていた。

信玄の死は秘されているが、武田軍が甲斐に帰還したこと、信長が信玄を気にするふうもなく軍事行動を起こしたことなどから、信玄に異変が起きたことを誰もが信じるようになっている。

義昭はまだ信玄の上洛を信じているのか。

それとも、何か他の理由で挙兵したのか、織田軍の勢いを考えれば、折角の勅命を破棄してまで戦う理由が見つからない。

むしろ、このままでは信長に追い詰められ、足利幕府が滅亡すると思って先走ったのかだ。

いずれにしても毛利《もうり》や浅井や朝倉《あさくら》から援軍があるとも思えない。

遂に七万の織田軍が十六日に京から出陣、将軍義昭の立て籠もる宇治の槇島城に向かって押し寄せた。

義昭の籠城軍が七万の大軍に勝てるはずがない。

織田軍は十八日早暁《そうぎょう》に宇治川《うじがわ》を渡河すると、槇島城を二重三重に包囲して攻撃を開始した。

「かかれッ。焼き払えッ！」

信長の命令で織田軍が槇島城に襲い掛かる。

槇島城は四方から塀を破られ放火され、とてもじゃないが七万の大軍では戦いにならない。

一日もかからず踏み潰されてしまう。義昭の命はない。

幕府の奉公衆や家臣団に説得され、義昭は渋々嫡男の義尋《ぎじん》を人質として信長に差し出し降伏する。

ここに足利尊氏《たかうじ》以来の室町幕府が事実上崩壊した。

信長は将軍殺しを汚名と考えていて義昭を殺さなかった。

このことがやがて征夷大将軍をめぐって、正親町天皇との確執となり信長を苦しめることになる。

「猿、将軍を河内の若江城に連れて行け！」

「はッ、畏まって候」

秀吉《ひでよし》はなぜ義昭を殺さないのだと思った。

秀吉は深く考えないまま、二十日に義昭の妹婿《いもうとむこ》である三好義継《みよしよしつぐ》の城の若江城に送り届ける。

義昭は従三位権大納言征夷大将軍の官位のままだった。

そのため、後に秀吉は関白にはなれたが、肝心の征夷大将軍は義昭であり、信長も秀吉も将軍にはなれなかった。

官職の左大臣や右大臣は定員一人と決まっている。

大納言とか中納言も定員は一人であるが、権大納言、権中納言と権を付けて定員より多く任命できた。

だが、征夷大将軍は左大臣や右大臣と同じで定員は一人である。

権左大臣や権右大臣はいない。死ぬか辞任するか、その席が空かない限り次の人は就任できない。

天皇は一度、官職を宣下すると、朝敵にでもならない限り解任はしない。

天皇は無謬《むびゅう》である。一度決めたことは取り下げない。

何ごとも絶対に間違わないのが天皇なのだ。天皇が宣下した官職は誰も解任できないのだ。

義昭は信長に追放されてからも従三位征夷大将軍であり続け、信長の死後六年間、天正《てんしょう》十六年（一五八八）一月十三日に将軍を辞任し、出家するまでその官職にしがみついた。

そのため、信長はもちろん秀吉も征夷大将軍にはなれなかった。

義昭が将軍を辞任した十五年後も征夷大将軍は空席のままで、徳川家康があっさりとその官職に就くことができた。

回ってきた運を一度手放すと二度と戻ってこない。

それがこの将軍義昭の追放劇だった。信長と秀吉は征夷大将軍になれる運をこの時に手放した。

義昭は信長に追放され、後に若江城も信長に攻められ落城する。

だが、義昭は将軍を欲しい信長に追われるが、外聞もなにもかもを捨てて必死で逃げ回る。

堺《さかい》に逃亡、紀伊《きい》に亡命、西国の毛利輝元《てるもと》を頼って備後《びんご》の鞆《とも》の浦《うら》に辿り着き、ようやくこの地に小さいながらも、幕臣たちと鞆幕府《ともばくふ》を名乗り活動を始める。

逃げた魚は捕まるものではない。

信長がその魚の大きさに気づいた時には手遅れだった。

義昭が追放され京の騒ぎが治まった頃、八月に入って上杉謙信が越中に出陣して、増山城《ますやまじょう》、守山城《もりやまじょう》など越中の城を次々と落としていた。

そんな謙信の動きを知っているかのように、信長が北近江の浅井長政《ながまさ》の小谷城《おだにじょう》に襲い掛かる。

援軍に向かった朝倉義景《よしかげ》軍にも襲い掛かった。

戦意のない朝倉軍は逆に織田軍に追われ、越前一乗谷城《いちじょうだにじょう》に追い詰められ、義景は八月二十日に逃亡の途中で一門に裏切られて自害する。

信長の動きは実に素早かった。

すぐ越前から引き返した織田軍が小谷城に再び襲い掛かり、義景が死んで援軍のない小谷城は逃亡者が続出して落城。

八月二十八日に浅井長政と父親の久政《ひさまさ》が自害した。

この頃、近衛前久は二条晴良《にじょうはるよし》と関白を争っていた。三好三人衆《みよしさんにんしゅう》から依頼されて参加した信長包囲網からも離脱している。

公家には公家の権力闘争、官位争いがあった。この頃から、近衛前久は徐々に信長に接近する。

将軍義昭は若江城に追放されても、信長包囲網の構築に余念がない。

若江城の三好義継が義昭に引きずられた。信長は十一月に入って若江城を攻撃することを決めた。

この動きを察知した義昭の逃げ足は速かった。

若江城を出て義昭は堺に逃亡する。

信長が若江城攻撃に佐久間信盛《さくまのぶもり》を差し向けた時には、既に、義昭は若江城にはいなかった。

最期を覚悟した三好義継は妻子を刺し殺すと、三好一族の長《おさ》らしく織田軍と十日以上も戦い家臣に介錯させて自害する。

信長は若江城から義昭に逃げられ、追放したことがまずかったと気付いた。

こういう義昭のような懲りない男は、殺すのが嫌なら目の届く傍に置いて監視するべきだ。

将来、信長の征夷大将軍のこともある。

傍に置いていざという時は将軍を辞任させて、征夷大将軍を強引に取り上げてしまえばよい。だが、そうはいかなかった。

義昭を京に戻すための説得に、羽柴《はしば》秀吉と法華僧《ほっけそう》の朝山日乗《あさやまにちじょう》を使者に立てる。

この時、西国の毛利からも使者として、安国寺《あんこくじ》恵瓊《えけい》という臨済僧と林就長《はやしなりなが》の二人が話し合いにきた。義昭が毛利に逃げたがっていたからだ。

「上さまには京へお帰り頂くようにと信長さまから命じられ、お迎えに上がりましてございまする」

秀吉は槇島城から若江城に義昭を送り届ける仕事をした。

そのため義昭とは顔見知りだ。

護送の時に秀吉が密かに義昭を殺してしまえば、その後の天下の様相はがらっと変わっていただろう。

だが、そうはならず厄介なことになる。

歴史にはこのような大いなる失敗があちこちに散見できた。それゆえにおもしろいのかもしれない。

「余を追放しておきながら今さらのことだ……」

拗《す》ねたようにいう義昭は、京に戻れという信長の目的を考えている。それは征夷大将軍が欲しいからだろう。

そんな話に騙されない。

「それは、上さまが勅命を破棄されて挙兵なさったため、信長さまはやむをえずに槇島城に向かわれたまでにございます」

「ここは、事を荒立てず穏やかに京にお戻りあるが上策と考えまする」

朝山日乗が穏便に事を収めたいと説得する。

「日乗、余が京に戻ってどうなるのだ？」

「何も変わることはございません。以前と同じように二条城へお入りいただきます。それだけのことでございます」

義昭は信長が征夷大将軍を欲しがり、自分を殺すのではないかと思っている。身も心も追い詰められている義昭は命を守るため猜疑心《さいぎしん》の塊《かたまり》になっていた。

「そのようなことが信じられるか！」

「ではどのように？」

「分からぬか！」

「はい、将軍さまはどのようにせよと仰せになりますか？」

「知れたこと、ひと、人質だ。人質が欲しい……」

「何んということを……」

日乗は義昭が信長の人質を欲しいといったことに仰天した。それは、秀吉も恵瓊も就長も考えていなかったことだった。

「上さまは敗軍の将ですぞ！」

日乗が怒ったように言って義昭を睨んだ。

「そんなことはどうでもいい。兎に角、人質だ。人質を連れて来い……」

「上さまは本気でそんなことを考えておられますのか？」

秀吉があきれ返った顔で義昭に詰め寄った。

「本気だ……」

「この話が壊れましたら上さまはどちらに行かれます。信長さまがどうなさるかお分かりと存じますが？」

秀吉がグイと脅して詰め寄った。すると、義昭が安国寺恵瓊を睨んだ。西国毛利に逃げるという顔だ。

「上さま、毛利は上さまの西国への下向をお断りいたしまする」

「何ッ！」

義昭と安国寺恵瓊の睨み合いになった。毛利家は厄介な義昭など背負いたくない。信長と戦いになってしまうではないか。

「信長さまの要請をお断りになられて、毛利に下向されては、毛利が信長さまに刃向かうと誤解されまする。この儀ばかりは固くお断りいたします」

「右衛門督《うえもんのかみ》も承知なのか？」

「はい、輝元さまも同じ考えにございます」

安国寺恵瓊は毛利元就《もとなり》にその才覚を認められた臨済宗東福寺《とうふくじ》の秀才だ。信長が何を考え、義昭が何を考えているかぐらいは察しが付く。毛利が義昭を受け入れたら信長の毛利攻めの口実にされるだけだ。

そんなことはご免被りたい。

まだ二十一歳の若い輝元を大将に、信長と戦うつもりはない。

義昭は恵瓊に毛利行きを拒否されて考え込んだが、信長に対する義昭の恐怖心は尋常ではなかった。

「いや、それでも、人質だ。人質がなければ京には戻れぬ」

義昭は強情に人質を要求する。

確かに義昭の立場を考えれば当然なのだ。丸腰で信長の前に出るのは殺せというようなものだ。

そんな度胸は義昭にはない。信長が怖くてビクビクしている。

槇島城では本願寺の顕如の口添えもあって、運よく死を免れたが今度はどうなるか分からない。

京には戻りたいが信長を信じられなかった。ここはせめて信長の人質が欲しい。信長の息子か娘を人質にもらわない限り怖くて京には戻れないと思う。

だが、誰が考えても話が逆さまだ。

勝った方が負けた方に人質を差し出すなどあり得ない。信長がそんなことをするとも思えない。

「上さま、信長さまに追われまするぞ……」

就長が義昭を脅すように言った。

「追われれば逃げる。今は無力だがまだ征夷大将軍である。先祖は京以外にも幕府を開いて再起した。余もそうする」

「愚かな」

秀吉が吐き捨てた。

だが後に、将軍になりたい秀吉が義昭の養子になろうとして断られる。

「何んとでも言え、兎に角、人質を連れて来い！」

義昭は足利幕府の再興を信じている。

源氏の足利家が征夷大将軍を平家の織田家になど渡すはずがない。ご先祖が必ず守ってくれる。

信長が引き寄せた新しい時代など義昭は信じていない。

この信長と秀吉の運命を決めた重大な話し合いは決裂した。その結果、征夷大将軍は義昭の手にあり、信長と秀吉の手に入ることはなかった。

十二月になると義昭は上杉謙信に書状を書き、小鶴の案内で真木島《まきしま》昭光《あきみつ》を越後の春日山城に向かわせる。

将軍に武田家からの応答はない。それなら頼りにするのは毘沙門天の上杉謙信だ。

義昭は謙信にだけではなく、北条などあちこちの大名に、御内書《ごないしょ》を発して助けを求めている。

義昭はしぶとく信長と秀吉の前に立ちはだかった。

その一方で義昭は堺にいるのは危険だと考え、暗殺から逃れるため紀伊に移ることを考えていた。

設楽ヶ原

信長と義昭の戦いを見ていた近衛前久は丹波黒井城にいて動きを止めた。

京に出て行くこともない。

関白を争った二条晴良に敗れ、前久は丹波に逼塞《ひっそく》の形になっている。

逆鶴も黒井城にいて動きを止めた。

その逆鶴は越後と連絡を取ることもなかった。越後の軒猿の中に宇佐美鶴女の名も逆鶴の名もない。

謙信に密命を与えられた者は、死を賭してその密命を実現する。

最早、逆鶴は刺客であり、軒猿であって軒猿ではない。

堺から越後に向かった小鶴と真木島昭光は、近江、越前と北上して北国の吹雪の中に突入した。

「真木島さま……」

「小鶴、酷い雪だな？」

「はい、越後に入れば、もっとひどい吹雪になりましょう」

「そうか、どこかで吹雪の止むのを待とう……」

昭光は無理をすれば二人とも吹雪の中で遭難すると判断して宿を取ることにした。

雪に阻まれながら、二人が春日山城に到着した時は十二月も半ばを過ぎていた。

真木島昭光は本丸で謙信と対面した。

小鶴は対馬谷の加藤屋敷で段蔵に仔細を報告する。

「鶴は丹波の黒井城にいる。そこには近衛さまがおられる。そなたは将軍さまの傍にもどれ、いいな？」

「はい……」

逆鶴と小鶴は別々になっている。

小鶴は信長から逃げる将軍義昭の傍にいることになった。

この時、昭光が運んできた義昭の書状は、上杉謙信に幕府と足利家の再興を依頼する内容だった。

義昭の御内書はいつも似たり寄ったりだ。

謙信は義昭とは対面したことはない。だが、義昭の兄の将軍義輝《よしてる》とは上洛して二度会見している。

「将軍さまは堺におられるのか？」

「はい、西国毛利に下向する予定でございましたが、毛利の安国寺恵瓊なる禅僧に断られましてございます」

「ほう、東福寺の恵瓊禅師が将軍さまの下向を断ったか……」

謙信は恵瓊と同じ禅僧で、大徳寺で宗心という名を授かっている。安国寺恵瓊こと瑶《よう》甫《ほ》恵瓊のことはよく知っていた。

「おそらく、紀伊に移ることになるかと存じます」

「なるほど、越後は少々遠いが春になれば、将軍さまをお迎えしてもよいが？」

「はッ、そのようにお伝えいたしまする」

「書状の趣、しかと承知した。お力になれましょうとお伝え下され、よしなに……」

「では、上洛を？」

「そう考えています。越中、加賀、能登、越前、敦賀《つるが》、近江などを平定しながらの旅になろうかと思う」

「誠に有り難く、そのようにお伝えいたしまする」

「ただ、いつまでという約束はできかねる。背後には武田や北条がいて、余が越後を空けるのを狙っておるのでな。易々とは難しいかと思う」

「はい、承知しております」

真木島昭光は数日春日山城に滞在して、吹雪がおさまったころ合いを見て、小鶴と越後を離れた。

謙信が義昭の依頼を引き受けたことは、義昭には朗報だが信長には最悪の事態だ。上洛しようとした武田信玄が亡くなって信長は危機を脱した。だが、信玄に代わってより強敵の上杉謙信が南下してくる。

不敗の軍神といわれる越後の毘沙門天だ。

信玄と同じように信長といえども容易に倒せる相手ではない。むしろ、戦えば負ける公算の方が高い。

それは信玄の時も同じだった。信玄と謙信はなかなか倒せないとわかっていた。

だが、信玄はもういないと思われる。

信長が恐れるのは毘沙門天ただ一人だ。

謙信が動き出せば、信長包囲網が再びできることになる。だが、そんな動きを信長は知らない。

年が明け、小鶴と真木島昭光が越前を通り過ぎて間もない一月十九日に、信長が一乗谷城に城主として入れた桂田長俊《かつらだながとし》に不満を抱く富田長繁《とだながしげ》が、三万の一揆軍を糾合して一乗谷城に襲い掛かった。

そのため越前は大混乱に陥った。

この一揆は加賀の一向一揆にも広がっていった。

こういう混乱が何ヶ月も続き、越前と加賀は「百姓の持ちたる国」といわれるようになってしまう。

そんな折、伊勢長島《いせながしま》にも一向一揆勢が十万も集まり不穏な空気になった。

義昭は真木島昭光の報告を聞いて気を良くし、暗殺を恐れ堺から紀州由良《ゆら》の興国寺《こうこくじ》に逃げた。

だが、寺では不用心で長居はできない。

そこで紀伊泊城《とまりじょう》の湯川安芸守《ゆかわあきのかみ》を頼って城の中に逃げ込んだ。城に入ればまずは一安心である。

暖かくなると丹波黒井城に加藤小次郎が現れた。

小猿《こざる》という可愛らしい女の子を連れていた。逆鶴は小次郎と小猿に城下の興禅寺《こうぜんじ》で会った。

「逆鶴、遅くなった。頭が小鶴の代わりに小猿を傍に置くようにとのことだ」

「小猿は戸隠からいつ戻った？」

「姉さま、この正月に対馬谷に戻りました」

「そうか、年は十二だったか？」

「年が明けて十三歳になりました」

「うむ、そういう勘定だな」

ニッと微笑んだ逆鶴も十八になっている。小猿は本名を小島《こじま》於豊《おとよ》という。あまりにもすばしっこいので戸隠では誰もが小猿と呼んだ。逆鶴は春になって近衛前久の近習に化けていることが多くなった。

「於豊、男になれるか？」

「うん、なれるよ」

「そうか、小次郎、小鶴のことを知らないか？」

「正月前、真木島昭光という幕臣の武士と春日山城に来た。小鶴は将軍義昭さまと堺にいるということだ」

「堺？」

「今頃は、紀州かもしれない。将軍は信長から逃れて紀州に行くらしいから……」

「紀州か？」

小次郎は知っていることを逆鶴に話し、小猿を置いて越前に戻って行った。

於豊は姉と慕う逆鶴と一緒で嬉しいが、そのかわり春日山城の対馬谷にはいつ戻れるか分からないことになった。

二人は男装して前久の近習となりいつも傍にいる。

美しい若武者の逆鶴に懸想する城の侍女がいる。まったく頓馬な勘違いで恋文などをつけてくる。

こういう勘違いは断るのがなかなか難しい。

この頃、衆道は公家や僧や武家などの間では極当たり前だったが、女と女というのはほとんどない。

そんな時、於豊は腹を抱えてクックックッと鳩のように笑う。

行儀のよくない於豊だが逆鶴は叱らない。

秋になると信長が伊勢長島の一向一揆を根絶やしにしたとの噂が逆鶴の耳に入った。

越後の謙信も越中の一向一揆と戦いを続けている。

天正三年（一五七五）五月、武田信玄が亡くなって二年、遠江高天神城《たかてんじんじょう》を落として勢いに乗る武田勝頼が、武田軍一万五千を率いて三河長篠城を包囲した。

長篠城は信玄亡き後、武田を離れて徳川家康に臣従している。

家康は一万五千の大軍に対して八千ほどの兵しか動かせない。すぐ、信長に支援してくれるよう使いを出した。

それに対して信長は自ら三万の大軍を率いて京を出陣する。

この時、信長は信玄が育てた天下一といわれる武田の騎馬軍団を叩き潰そうと考えていた。

その主力は信長が育ててきた織田の鉄砲隊だ。

織田軍と徳川軍の鉄砲に加え、信長は細川藤孝や筒井《つつい》順慶《じゅんけい》、根来衆《ねごろしゅう》などに鉄砲の拠出を命じ、長篠城の南の設楽《したら》ヶ《が》原《はら》に二千五百丁の鉄砲を集めた。

武田の騎馬軍団を織田の鉄砲隊が殲滅する、これまで誰も考えなかった壮大な作戦を信長は採用した。

もちろん武田の騎馬隊のことは同盟している家康から聞いている。

家康は三方ヶ原で信玄と戦い、半死半生の瀬戸際まで叩きのめされた。

その話を聞いた信長の考えは、武田の騎馬隊は十段以上に分かれて、各大将とともに次々と突撃してくるというものだ。

土煙を上げて突進する騎馬隊の圧力は凄まじい。

恐怖に耐えて敵を引き付け、三百丁から五百丁の鉄砲が一斉に火を噴く。続いて突撃してくる騎馬隊に同じように銃撃を浴びせる。

その間に先に撃った鉄砲隊が銃身を掃除して次の弾丸を込めて支度する。

これを繰り返せば、武田の五千とも六千ともいう騎馬隊を、次々と撃ち続けて突進を止めることができるはずだ。

万一を考え、後方に織田軍三万と徳川軍八千を隠しておく。

設楽ヶ原は平坦ではなく、あちこちに丘があり林があり、川や藪があり信長の作戦に向いた地形だった。

信長の想像する銃撃戦で武田軍を殲滅できるはずである。

織田軍の軍議で家康の家臣酒井《さかい》忠次《ただつぐ》が、武田軍の背後の鳶《とび》ヶ《が》巣《す》山砦《やまとりで》の奇襲攻撃を進言した。

だが、その場で信長は一蹴し相手にしなかった。

軍議が終わると信長は家康に忠次を呼ぶようにいう。家康は忠次が信長に叱られるのかと思った。

そうではなかった。

「左衛門《さえもん》、奇襲攻撃などというものは、あのような場でいうものではない。味方に知れてもまずいのだ」

家康と忠次は軍議で一蹴され意気消沈していた。それを信長は良い作戦だと褒めたのだから驚きだ。

「恐れ入りまする……」

「鉄砲二百丁、兵二千でやってみるか？」

「是非にも……」

「三河殿、鳶ヶ巣山砦は左衛門に任せる。すぐ支度をさせるように……」

「はッ、畏まってございまする」

家康は失敗のできない奇襲作戦に、徳川軍から鉄砲二百丁と兵二千を出した。

深夜、酒井忠次と織田軍の金森長近《かなもりながちか》が密かに鳶ヶ巣山砦に向かう。決死の奇襲攻撃だ。

その頃、武田軍の本陣でも軍議が開かれた。

信長と決戦したい勝頼と、一旦甲斐に引き上げて軍勢を整えてから、信長と決戦するべきだという老臣たちとで考えが割れた。

勝頼は信玄が落とせなかった高天神城を落としたことで有頂天になり、老臣たちのいうことを聞かなくなっている。

それは信長の巧妙な罠だった。高天神城を勝頼に落とさせるため信長はわざと援軍を出さなかったのだ。

家が代替わりする時に、老臣と若い者の考えが割れることはよくある。その時、どのようにまとめるかは大将の力量だ。

残念ながら勝頼にはその器量がなかった。

老臣たちは自分と父の信玄を比べているだけだと思う。そうなると親に勝てない子は老臣のいうことを聞かなくなる。

耳触りの良い若い家臣の追従《ついしょう》だけを聞いて満足する。そんなおべっか使いだけが集まってくる。

勝頼はそうなっていた。

それでは戦う前にすでに負けているようなものだ。

「信長は何を考えているか分からない男です。ここは一旦甲斐に引き上げて、三万の大軍を整えてから信長と決戦するべきと考えます」

「戦は兵の数でするものではない！」

「さりながら、織田の鉄砲隊は侮りがたいかと考えます」

勝頼が老臣の意見に利いた風な口で言い返す。冷静に聞こうという考えがない。

「ふん、鉄砲隊など騎馬隊で踏み潰してくれるわ！」

こうなると自信過剰で取り付く島がない。愚かな大将が戦いに負ける時はほぼ似たような負け方をする。

それは間違いなく埒外《らちがい》な傲慢さである。

「お館《やかた》さまはなぜそのように戦をしたがるのか？」

「知れたこと。領土を広げるためだ！」

「そう焦っては逆に領土を失いまするぞ」

「何ッ、余を侮るかッ！」

信玄に育てられた馬場信春《ばばのぶはる》、山県昌景、甘利信康《あまりのぶやす》、内藤昌秀《ないとうまさひで》、原昌胤《はらまさたね》らが逸《はや》る勝頼を説得しようとする。

だが、意地になって老臣の言うことを全く聞こうとしない。

こうなっては軍議にならず、信玄を慕う老臣たちは何も言わず静かに引いてしまう。

武田軍には甲斐から出陣する時、甲斐源氏の宝である御旗楯無《みはたたてなし》に戦勝を誓って出陣する儀式がある。

この時「御旗楯無もご照覧あれ」と唱和する。

唱和によって武田軍は、戦いにおいてお館さまには絶対服従すると誓うのだ。

これは武田家の鉄の掟だ。誰も破ることはできない。お館さまの命令が出れば死を覚悟で敵に突撃する。

武田軍が強い理由だ。

軍議が終わると、老臣たちは内藤昌秀の陣所に集まった。

「明日は揃って入道さまの元へ行くことになろう。みなで水盃《みずさかずき》をして今生に別れをしたいが……」

「うむ、長々と世話になり申した。入道さまの傍にまいろう」

「入道さまが亡くなられて二年、お慕いするちょうど良いころ合いでござろうよ」

「さよう、それがしは少々長生きをしてしまったようだ」

六十一歳の馬場信春がニッと笑う。誰もがもう一度、あの信玄に会いたいと思う。それには黄泉に行くしかない。

「では、入道さまの元でお会いいたそう」

「おう、泉下にて……」

馬場信春、土屋《つちや》昌続《まさつぐ》、山県昌景、原昌胤、甘利信康、内藤昌秀が水盃を上げ、グッと飲み干して盃を太刀の柄《つか》に叩きつけて割った。

老臣たちは生きて甲斐には帰らない覚悟を決めた。身は朽ちても魂だけが甲斐に戻ればいい。

翌日の戦いは壮絶なものになった。

先鋒の山県昌景は鶴翼《かくよく》の陣《じん》の左翼端から、騎馬隊三百五十騎を率いて織田軍の馬防柵に突進していった。

槍を抱えた昌景はゆったりと馬上にいた。騎馬隊の後ろを兵が走る。

「突っ込めッ！」

槍を上げて叫んだ昌景が馬腹を蹴って織田軍に突撃した。

織田軍の鉄砲隊は佐々成政《さっさなりまさ》、前田利家《まえだとしいえ》、塙直政《ばんなおまさ》、福富秀勝《ふくずみひでかつ》、野々村正成《ののむらまさなり》ら五人の鉄砲奉行に率いられ騎馬隊に照準を合わせて待っている。

そこへ突っ込んでいった。

「まだ撃つなッ！」

「半町まで引きつけろッ！」

「ゲッ、半町だとよ。近すぎないか……」

「この野郎ッ、喋るなッ！」

「狙えッ！」

山県昌景が馬防柵の傍まで突っ込んできた。

「放てッ！」

「撃てッ、撃てッ！」

鉄砲の轟音と白煙が昌景を覆った。

蜂の巣にされ馬上から弾き飛ばされた昌景が、槍を杖に立ち上がったがガクッと前のめりに突っ伏した。

あまりの衝撃に本陣の勝頼は頭に血が上って途端に熱《いき》り立った。

勝頼の軍配で次々と武田軍の十三段の騎馬隊が突撃、ところが五段に組んだ織田軍の鉄砲隊にことごとく撃ち取られる。

山県昌景、甘利信康、河窪信実《かわくぼのぶざね》、三枝昌貞《さいぐさまささだ》、真田信綱《さなだのぶつな》、真田昌輝《まさてる》、土屋昌続、馬場信春、原昌胤、内藤昌秀、望月信永《もちづきのぶなが》など、武田の騎馬隊が全滅した。

武田軍一万五千のうち一万二千が犠牲になり、武田勝頼は百騎に満たない近習と馬廻りに守られて逃げる。

三河の武節城《ぶせつじょう》に菅沼定忠《すがぬまさだただ》と逃げて一泊、翌日には南信濃伊那谷《いなだに》の高遠城《たかとおじょう》に逃げ込んだ。

老臣たちは海津城《かいづじょう》の高坂昌信《こうさかまさのぶ》と岩村城《いわむらじょう》の秋山信友《あきやまのぶとも》を残し全滅する。武田軍はかつてない惨憺たる敗北で勝頼はほぼ再起不能。

やがて武田征伐で信長に攻められ、勝頼は戦わずして甲斐源氏の武田家は滅亡する。

武田勝頼は愚将ではなかったが、大切な時にあまりにも老臣のいうことを聞かな過ぎたようだ。

お化け公家

織田軍は武田軍を撃破した勢いで越前に向かった。

伊勢長島の一向一揆の聖地を根絶やしに叩き潰し、もう一つの聖地「百姓の持ちたる国」の越前を叩き潰す必要があった。

一揆勢の中では石山本願寺の顕如が派遣した強欲な坊官と、天台真言《しんごん》の僧や豪族や百姓たちが衝突することになった。

　そこに信長率いる織田軍三万が八月十五日に越前へ乱入したのである。

　この日は嵐だった。

　織田の大軍は暴風雨に隠され佐久間信盛、滝川一益《たきがわかずます》、柴田勝家、明智光秀《あけちみつひで》、丹羽長《にわなが》秀《ひで》、羽柴秀吉、前田利家、塙直政、荒木村重《あらきむらしげ》、安藤守就《あんどうもりなり》、磯野員昌《いそのかずまさ》、不破光治《ふわみつはる》、稲葉《いなば》良通《よしみち》、織田信孝《のぶたか》、織田信澄《のぶずみ》、織田信包《のぶかね》、織田信雄《のぶかつ》など、織田軍の武将が揃って続々と越前に乱入する。

　織田信忠《のぶただ》や河尻秀隆《かわじりひでたか》らは別動隊で、秋山信友の東美濃の岩村城を包囲していた。

　嵐の中を織田軍が越前に侵入すると、信長に味方する越前衆が次々と馳せ参じた。

　海上にも信長に味方する丹後《たんご》の水軍数百隻が浮かぶ。

　あちこちの港や村々に上陸しては火を放ち焼き払った。水軍も陸に上がると火を放ち恐ろしいことをする。

　この時、信長は敦賀にいて戦況を見守っていた。

　海岸沿いに北上した羽柴秀吉と明智光秀の軍は、次々と城に乗り込んではすべてを焼き払う。

敵が降伏しても許さず日に二百、三百という首を信長のいる敦賀に届けてきた。

柴田勝家、丹羽長秀も次々と城を落としていく。美濃口から金森長近、原長頼《はらながより》が越前に乱入してくる。

伊勢長島の一向一揆の皆殺し根絶やしの再現だった。

一揆軍を指導する坊官が、いち早く逃げてしまったため、手も足も出ない一揆軍はたちまち崩壊した。

「権六《ごんろく》、うぬに越前八郡七十五万石を知行させる。北から来る上杉謙信に備えろ！」

「はッ、畏まってございまする」

「謙信は必ず京に向かってくる。越中、加賀、越前などどこでもいいから必ず止めろ！」

「承知いたしました」

そうはいいながら信長は勝家が、謙信の南下を止められるとは思っていない。

謙信が近江に出てきた時、越後軍が傷つき半減していれば充分、そこから先は信長が大軍で叩き潰す。

信長の忠臣柴田権六郎《ごんろくろう》勝家が七十五万石の大大名になった。

「又左《またざ》、内蔵助《くらのすけ》、河内守《かわちのかみ》、うぬらに越前府中十万石を均等に分け与える。権六の補佐をし権六から目を離すな。謙信を侮るな」

信長は柴田勝家の監視役として、前田利家、佐々成政、不破光治に三万三千石ずつ与えた。

織田軍はあまり強い軍団ではない。

大軍で踏み潰しすべて焼き払う荒っぽい戦法で勝ってきた。謙信はそういう美しくない戦法は使わない。

なんでも薙ぎ払い焼き払うのが信長のやり方だ。

その信長は謙信の南下を最も恐れている。

越前大野《おおの》郡《ぐん》を二分して金森長近に三万石、原長頼に二万石を与えて万全の防御態勢を整えた。

謙信が南下して来ればまず柴田軍四万が戦うことになる。

ここに信長の第一方面軍の北国軍である柴田勝家軍団が完成した。

天下統一を急ぐ信長は第二方面軍の西国軍は羽柴秀吉軍団、第三方面軍の関東軍は滝川一益軍団、京に近い畿内の軍は明智光秀軍、四国方面の丹羽長秀軍など次々と方面軍を作る。

息子の信忠、信雄、信孝などにも軍を編成し、一気に戦いを進めていくことになる。

九月に入ると信長の使者松井《まつい》宮内卿《くないきょう》法印《ほういん》友閑《ゆうかん》と、京の所司代村井《むらい》貞勝《さだかつ》が丹波黒井城に現れた。

「おう、珍しいお方の到来じゃな……」

近衛前久が喜んで二人を二の丸の居室に入れた。

前久の傍には春光尼と逆鶴の光鶴尼がうずくまっている。所司代村井貞勝が若い光鶴尼を睨んだ。

逆鶴は見破られたかと背筋が寒くなった。

だが、そうではなかった。子どものような可愛らしい尼僧に驚いたのだ。

「近衛さまにお会いするのは何年ぶりになりましょうか？」

「十年いや二十年になりましょうか……」

前久が少しとぼけて松井友閑に答えた。

友閑は信長から宮内卿法印に推挙され、村井貞勝、武井《たけい》夕庵《せきあん》と並んで信長の貴重な吏僚《りりょう》なのだ。

将軍義輝が三好三人衆に襲撃されて亡くなると信長に仕えた。

八代将軍足利義政《よしまさ》に仕えて以来、家代々の幕臣で前久とは古い知己だ。間もなく、堺奉行になることが決まっている。

「こちらは、この度、京の所司代になられた村井貞勝さまでござる」

「先の関白さまにはお初にお目通りを賜り厚く御礼申し上げます。信長さまのご命令にて京をお預かりすることになりました」

「おう、村井殿は明智殿と京の差配をしておられると聞いておりましたが、所司代にございますか……」

前久と貞勝は曲者《くせもの》同士で、既に腹を探り合っている。

ことに村井貞勝は、越後や関東に下向したり、本願寺に入って信長に敵対した前久を油断のできない男と見ていた。

「京は千年、王城の地にてなかなかに難しい土地柄と聞いております。何卒、ご教示のほどを願いあげます……」

「何んと、明智殿を凌ぐお方と聞いておりますのに……」

前久が低姿勢の貞勝にとぼけた。

先の関白近衛前久は従一位の官位で、常であれば貞勝には直答などできない最高位の身分なのだ。

その上は正一位で神の位だけである。

宮内卿法印は正四位下で前久より五階も下であり、村井貞勝に至っては正六位下で、十四階も下である。信長の従三位参議は四階下である。

近衛前久はまさに位人臣を極めている。朝廷から神階を賜るのは死んでからだ。

「織田さまの用向きですな？」

「はい……」

「その用向きをお聞きしましょう」

「既にお聞き及びと存じますが、九州が島津《しまづ》、大友《おおとも》、伊東《いとう》、相良《さがら》など領地争いが絶えず混乱しております。近衛さまに薩摩《さつま》島津義久《よしひさ》殿の元へ、ご下向願いたいとのことにございます」

宮内卿法印が信長の用向きを言って前久を見た。

「九州にのう……」

「この混乱を鎮められるのは、先の関白さましかおられないとのことにて、是非にも……」

「九州の鎮定とは大仕事、やってみましょう」

朝廷への返り咲きを狙う近衛前久は信長を利用できると考えた。それを、村井貞勝は見抜いている。

近衛前久の所領は公家の中では最も大きい。
山城《やましろ》宇治、久世《くぜ》、摂津川辺《かわべ》など二千石以上ある。九条《くじょう》、一条家《いちじょうけ》がほぼ二千石、二条、鷹司家《たかつかさけ》が千五百石ほどだ。

この五摂家は公家の最高位にいるのだがこの程度の石高であった。

この時期は混乱期でもう少し少なかったかもしれない。
五摂家以外は四、五百石以下がほとんど、百石以下の極貧の公家が多かった。中には四、五十石という小役人並みの公家もある。

二、三十石という公家もいたのだ。

人一人が一石で一年を暮らせる勘定だから、公家同士の贈り物や家族や下僕の生活まで入れると、カスカスでなかなか厳しかった。壊れた家の修理や衣服の修繕などできない公家が多かった。

やがて信長は困り果てた公家に、自分の領地から十石、二十石と加増してやることになる。

一度、武家に奪われた公家の荘園は決して戻ってはこない。

信長が近衛前久に九州の薩摩への下向と言ったのには特別な理由がある。

薩摩の島津家は鎌倉の頃、家祖の島津忠久《ただひさ》が薩摩にある近衛家の島津荘の荘官に任じられたことから始まる。

この忠久は源《みなもとの》頼朝《よりとも》と丹後局《たんごのつぼね》の間に生まれた落胤だった。頼朝の実子である。

正室北条政子《ほうじょうまさこ》の悋気《りんき》があまりにも激しく、それを恐れた頼朝は忠久を表に出せなかったのかもしれない。

そのため忠久はわずか六歳で、当時日本最大の荘園だった近衛家の島津荘の地頭に任命され、やがて薩摩、大隅《おおすみ》、日向《ひゅうが》の三ヶ国の守護職になり、その上、越前の守護も追加される。

破格の待遇であった。

以来、近衛家と島津家は切っても切れない縁で結ばれる。いつの時代も島津家は特別な扱いを受けた。

それは源氏の直系であり名門中の名門であったからだ。つまり頼朝の直系の将軍は三代実朝《さねとも》で終わったが、九州の薩摩で直系は残っていたことになる。

それを信長は知っていた。

九州下向の軍資金として松井と村井は黄金二百枚と馬一頭を置いていった。

「鶴、余と二、三年、九州に行くか？」

「はい、お供いたしまする」

「於豊も行くであろうな？」

「はい……」

小猿は逆鶴の行くところにはどこへでもついて行く。

「春光尼はどうする？」

前久の聞き方が気に入らない尼僧が不満顔で知らぬ振りをした。

それを見て小猿がニッと笑って前久を見る。

「於豊……」

前久が小猿を呼んで安座の上に乗せて抱いた。

「怒ったのか？」

「うん、そうみたい……」

前久に抱かれるとご機嫌の小猿だ。

「そうか。鶴、春光尼も連れて行く。歩けなくなったら海に沈めるから……」

「関白さま！」

春光尼が赤い顔で怒った。前久は時々きつい冗談を言って春光尼を怒らせる。それを楽しみにしているようだ。

「支度を急げ！」

逆鶴は急に忙しくなった。

前久の近習や家人が五摂家の格式で九州に下ることになる。

だが、近衛前久は儀式の時以外は牛車や輿《こし》は使わない。面繋《おもがい》や胸繋《むながい》など金襴の馬飾りの愛馬に乗る。

前久は鷹狩りが好きで馬に乗って野山を駆け巡った。

前久、逆鶴、小猿、近習五人が馬、春光尼は馬に乗れないため女が乗る板輿が用意された。

悪態を言うが前久は春光尼にはやさしい。

前久が乗る場合を考え格式の高い四方輿も用意された。行列は五摂家らしく百人ほどの堂々たる構えだ。

秋風とともに近衛前久の九州下向の行列が、黒井城を出て丹波街道を東に向かった。

前久は京には出ないで摂津に出て、堺から薩摩行の船に乗ることにした。丹波街道を東に向かい大枝山《おおえやま》の老ノ坂峠《おいのさかとうげ》を越えて沓掛《くつかけ》に出る。

前久は馬を止め暫く桂川《かつらがわ》から京に出る左の道を見ていた。その後ろに若侍の逆鶴が馬上にいる。小猿も馬に乗って前久を見ていた。

そこへ京から来た先の内大臣勧修寺《かじゅうじ》尹豊《ただとよ》がくたびれた老馬に乗って、家人一人だけを連れて坂を上ってきた。

「これは、内府《ないふ》さま……」

前久が馬を前に出した。

勧修寺尹豊は前久より三十以上も年上で、京では神出鬼没の酒飲みでお化け公家といわれている。

正親町天皇の信任が厚く、官位は前久の方が上だが、前久は敬意を払う。

尹豊は五年ほど前に出家して法名を紹可《じょうか》という。

「おう、関白さまではないか、珍しいところで会うものかな、京へご帰還かな？」

「いや、織田さまの使いにて九州まで……」

「ほう、信長の使いですと？」

「薩摩の島津までまいります」

「関白ともあろうお方が信長如きの使いとは……」

皮肉っぽく言うと、勧修寺紹可尹豊はがっかりした顔で前久を見る。

すでに七十歳を過ぎている紹可入道尹豊は、正親町天皇に対する信長の振る舞いを快く思っていない。

「九州の混乱を鎮定して欲しいとの依頼です」

「ほう、九州の混乱をのう。そのことではお上も宸襟《しんきん》を悩ませておられるようだが……」

「お上が？」

「うむ、早く京にお戻りあれ、二条関白では力不足だ。先の関白がお上のご宸襟を安んじて上げねばのう。それが藤氏長者《とうしのちょうじゃ》よ」

「誠に申し訳ございません」

「もう、若くはないのだ。京に戻られよ」

「はい、肝に銘じます」

「われらにはお上のことだけが大事、よろしいかな藤氏長者？」

「はい！」

「ならば、健やかに九州にまいられよ。京でお待ちいたす」

老公家に先の関白近衛前久が叱られた。

前久は十三代将軍義輝の暗殺に関与したのではと、二条晴良と義昭に疑われ朝廷から追われたのである。

だが、将軍暗殺には全く関与はしていない。

義輝の妻は前久の妹で義輝の母親は前久の叔母だった。そんなことから事件に手を染めるはずがない。

その言い掛かりは二条晴良が前久を追い落とすための罠だった。

「内府さまはどちらへ？」

「うむ、愛宕《あたご》神社《じんじゃ》へまいる。歌会に招かれたでのう」

「それは、結構、秀歌をいずれお聞かせ願います」

「九州は遠い。気を付けられて……」

二人は互いに頭を下げて分かれた。

関白二条晴良は二年後に関白を辞任、その翌年に五十四歳で死去する。勧修寺紹可入道尹豊は九十二歳の長寿を生きることになる。

二人の話を傍で聞いている逆鶴を、紹可入道がジロッと見てニッと笑った。

「可愛らしい近習だのう」

「鶴之助と申しまする……」

「まだ若いようだな？」

「十九にございます」

「ほう、若く色白の女には気を付けることだ……」

尹豊がニヤリと笑って前久を見た。前久も微笑んだが何も言わない。

「越後の軒猿だな？」

紹可入道が鋭い眼光で逆鶴の正体を見抜いた。逆鶴は恐ろしさで身を引いた。この老人はただ者ではないと思う。

「なんとも美しい猿がいるものだわい……」

独り言を言って紹可入道が馬腹を蹴って愛宕神社に向かった。前久はさすが油断のできないお化け公家だと思う。照れるように逆鶴を見て微笑んだ。

「化け物だ。気にするな。右へ行こう……」

「化け物？」

「うむ、なにを考えているかわからぬ老人だ。勧修寺尹豊、覚えておけ……」

小声で言って前久は馬首を右の道に向け馬腹を蹴った。

山崎《やまざき》から天神馬場《てんじんばば》に出て摂津に入り堺に向かう。沓掛は京に出るか摂津に出るかの分かれ道だ。

この辺りは大枝山という京を守る四堺《しさかい》の一つで鬼が出るという。

四堺は天子のおられる京に穢れの入らないように、また穢れの犯罪者や鬼を追い出すため古くに設けられた。

その一つが山陰道の老ノ坂峠の大枝である。

他には山陽道の大山崎の山崎、東山道の逢坂山《おうさかやま》の逢坂、北国街道の大津《おおつ》の和邇《わに》を四堺という。

陰陽道など四堺では四堺祭が行われ、鬼や妖怪の棲むところとして恐れられた。

京は清浄な王城の地でなければならないという考えから、このようにして長く守られてきたのである。

「於豊、山崎までの道を確かめてまいれ！」

「畏まって候！」

背中に太刀を背負った近習姿の小猿が馬腹を蹴って一気に駆けだした。乾いた道に砂煙が舞い上がった。

前久はいつも元気のいい小猿だと思う。

「鶴、あの老公家は鬼《き》一法眼《いちほうげん》の京八流《きょうはちりゅう》小太刀の使い手なのだよ。京の人々にはお化け公家と呼ばれておる」

「京の人々に好かれているということですか？」

「そうだ。先の内大臣でな。昔はあのような化け物公家が何人もいたが、今は勧修寺尹豊ただ一人ということだ」

「関白さまは？」

「余か、余も化け物になるつもりだ」

「まあ……」

暢気に話しながら二人は轡《くつわ》を並べ、ゆっくりと馬を進める。

逆鶴は前久に気に入られている。だが、まだ褥に呼ばれたことはない。夜の伽はもっぱら小猿の役目だ。

前久は小猿のような小柄な女が好きなのだ。

小猿は誰もが羨ましいと思うほど前久に愛されている。なんでも小猿で小猿がいないと不機嫌になる。

「鶴、一度、余の褥に来るか？」

「関白さま、それは、於豊の役目と心得ております」

「知っておったのか？」

「はい、いつも、嬉しそうな於豊を見ておりますので……」

「そうか……」

前久はそれ以上、逆鶴を誘わなかった。

逆鶴が謙信から与えられた命令が何んなのか、前久は薄々気付いている。だが、口には出さない。

口にしても逆鶴が認めるはずがないと思う。

前久は逆鶴を謙信の女だと思っている。軒猿の仕事が過酷であることを段蔵の話などから知っていた。

秋に入った大枝山の木々は錦になり始めている。

近衛前久の九州に行く行列は山崎から摂津に入って堺に向かった。堺には南蛮《なんばん》や明《みん》からの交易船が入っている。

前久はこの堺に知己が多い。

それは茶の湯をするからだ。津田《つだ》宗及《そうぎゅう》、千宗易《せんのそうえき》、今井《いまい》宗久《そうきゅう》ら茶の宗匠と親しかった。

津田も千も今井も堺の豪商だがその屋敷には行かず、前久は交易商人の橘《たちばな》屋《や》又三《またさぶ》郎《ろう》の屋敷に現れた。

橘屋又三郎は鋳物師《いもじ》だった。

琉球《りゅうきゅう》や種子島《たねがしま》経由で明《みん》との交易もする商人で、鉄砲が種子島に伝来した時にはその種子島に滞在していた。

橘屋は鉄砲を種子島時堯《ときたか》から一丁黄金千両で買うと同時に、鍛冶の八板《やいた》金兵衛《きんべえ》に二年間弟子入りして、鉄砲の全てを学んで堺に鉄砲を持ち帰った。

その橘屋の船に乗れば九州まで行ける。

蛇石

近衛前久一行が薩摩坊津《ぼうのつ》に到着したのは十月も終わりの頃だ。京は紅葉狩りの季節が終わろうとしているが南国はまだ暖かい。坊津は昔から近衛家の荘園だった。

それが例の島津家が守護になってすべてを失った。

この後、前久の嫡男信尹《のぶただ》が秀吉の怒りにふれ、後陽成《ごようぜい》天皇が近衛信尹を、勅勘をもって三年間坊津に配流とする。

前久たちを乗せた船は、坊津の入り口を守る双剣石が、海に聳え立つのを見ながら港に入った。

南国の美しい港だ。まず陽の光が違う。風の匂いが違う。眼に入る草木が違う。小猿は異国へ来たようでびっくりして落ち着かない。

やがてこの坊津には密貿易奉行所が置かれ、島津家をより豊かにして幕末の倒幕へと結びつける。

明治維新はこの坊津から始まったともいえる。

「鶴、この地は琉球や南蛮、明《みん》と交易する寄港地になっておるのだ。ほら、明の船が一艘入っておるだろ。あれがザンクと呼ばれる三本帆柱の船だ」

「大きな船でございます」

「うむ、古くはここから海賊が出撃したそうだ」

「海賊が？」

「そうだ。今、京で流行っておるキリシタンも、最初の南蛮人の宣教師がここに入ってきたのだ」

前久は倭寇が出入りしていたことや、イエズス会のフランシスコ・ザビエルがこの坊津に上陸したことなどを逆鶴に説明した。

前久がザンクといったのは正しくは明《みん》のジャンク船のことだ。

この船は竜骨がなく船底が平らで吃水が浅く、海と川の両方で使える実に便利な船だった。

吃水が浅い分だけザンクは、南蛮のキャラックやガレオン船より船足が速かった。

千屯を超える巨大な船もあった。

この坊津は薩摩島津家の密貿易の地として、江戸幕府に発覚する享保年間まで秘密にされ続ける。

薩摩島津家は十五代貴久《たかひさ》が義久、義弘《よしひろ》、歳久《としひさ》、家久《いえひさ》と優れた息子に恵まれた。

当主は十六代義久になり、薩摩、大隅、日向の三国の守護大名である。その才覚は際立って優れ、何ものも恐れぬ武勇を備えた大将だった。

天正元年（一五七三）に禰寝《ねじめ》、肝付《きもつき》、伊地知《いじち》らを帰順させて、大隅を統一した島津義久には勢いがある。

日向の伊東義祐《よしすけ》と対峙していた。

九州統一を狙う島津義久と、肥後の相良義陽《よしひ》、豊後の大友宗麟《そうりん》、肥前の有馬晴信《ありまはるのぶ》、龍造寺隆信《りゅうぞうじたかのぶ》らが戦う姿勢を見せて混乱している。

前久は坊津から鹿児島に向かう。

既に近衛前久の坊津到着を役人が義久に知らせていた。すぐ、義久の使いが坊津に着いて前久を案内する。

近衛家は島津家にとっては主家のようなものだ。

島津家は鹿児島の清水城《しみずじょう》を本拠にしていたが、貴久が手狭だという理由で海に近い内城を居城にした。

内城は屋形だけの平城だった。

義久はこの内城にいた。前久にはすぐ宿所が与えられる。

近衛前久一行は堺で随員を減らし百人ほどから四十五人ほどにして船に乗った。

それでも、摂関家筆頭の格式は保っている。先の関白の九州下向であり義久といえども、あだや疎かにはできない貴人なのだ。

自ら迎えに出る。

前久は衣装を改め、春光尼と光鶴尼を従えて内城の広間に出た。

島津義久は前久より三歳年上の四十三歳だが、官位はずいぶん低く従五位下修理大《しゅりのだい》夫《ぶ》でしかない。

従一位の前久とでは問題にならない。座は前久の方が上だ。

「先の関白さまには、わざわざ薩摩へのご下向、かたじけなく存じ上げまする」

「修理大夫、迎え大儀である」

島津家の官位は義久の祖父勝久《かつひさ》から、上限が代々従四位下修理大夫である。

「他でもない。九州の混乱は天下のため甚だ不都合である。天子さまも宸襟を悩ませておられるとのことだ。和議を整えることはできないか？」

「それは、織田さまのご意向でありましょうか？」

「でもあるが……」

「天子さまは織田信長に征夷大将軍を？」

「いや、その儀はまだ別である」

「別儀とは？」

義久が前久に朝廷の考えを聞いた。

「修理大夫も存じておると思うが、征夷大将軍は東海を征伐した者に宣下される令外官である。修理大夫と同じようにただ一人《いちにん》をもって官職とする。今は、足利義昭がその官職にある。二人の大将軍はない。なお、付け足せば、織田さまはまだ甲斐の武田を征伐しておられない。朝廷は古くから甲斐を東海の一部と考えておる」

「なるほど、承知仕りました。和議の成否はまず、肥後の相良義陽の考えを先に承りたいと存ずる」

義久は肥後の相良義陽とも戦っていた。

「相分かった。余が肥後の人吉城《ひとよしじょう》にまいり、考えを確かめてまいるが……」

和睦の仲介をする前久はすぐ人吉城に下向の使いを出し、十一月になると近衛前久一行は内城から人吉城に向かった。

九州には大村純忠《おおむらすみただ》、大友宗麟、有馬晴信などキリシタン大名が多い。キリスト教が深く浸透している土地柄だ。

だが、相良義陽はキリシタン大名ではない。

近衛前久の下向に義陽は自ら迎えに出て歓迎した。義陽は勤皇の志が深く、先の関白近衛前久の下向に臣下の礼を取った。この時、義陽は三十二歳と若いが島津義久に対抗していた。

前久は義陽の勤皇を高く評価し、義久との和議をまとめるのに意欲を見せる。

正月は人吉城で迎え、年が明けるとすぐ義久との話し合いに入った。

その頃、岐阜の信長は暮れに嫡男信忠に家督を譲り、一人でさっさと佐久間信盛の屋敷に移り住み、丹羽長秀を築城総奉行に任じて、近江の湖東にある安土山に城を築くように命じる。

縄張奉行を命じられた秀吉が、年明けと同時に安土山に飛んで行った。

何をさておいても信長の住む仮御殿の建築が先だ。信長のことだから、いつ安土山に引っ越してくるか分からない。

「猿、余の屋敷はどこだ！」

なんの知らせもなくひょっこり現れるのが信長だ。

そういう呼吸を秀吉は熟知している。急げ急げで縄張りが始まった。

安土山に近い佐和山城の丹羽長秀、琵琶湖畔の長浜城《ながはまじょう》の羽柴秀吉、尾張の大工棟梁岡部《おかべ》又右衛門《またえもん》が猛烈に忙しくなった。

中でも西尾吉次《にしおよしつぐ》、吉田平内《よしだへいない》、小沢六郎三郎《おざわろくろうさぶろう》らが石奉行を命じられ、安土山を覆う石を集めるのに死ぬような苦労をすることになる。

信長は安土山を石垣で覆う巨大な城を考えていた。

山や川、墓石から石仏まで集めても足りずに、京の二条城を潰してまで安土山に石を運ぶことになる。

案の定、せっかちな信長が姿を現す。

安土山に信長の仮御殿が間もなく完成しようという二月二十三日、待ちきれない信長が近習と馬廻りを率いて安土山に現れた。

「猿、猿はどこだ！」

「はッ、観音寺山《かんのんじやま》に巨石を探しに行っておりまする！」

「大石は見つかったのか！」

「はいッ、三万貫あまりの大きな石とのことでございまする！」

「三万貫だと？」

信長は山を鎮める巨石を探せと命じていた。

山頂に埋める城の鎮護石だ。その石を秀吉が観音寺山と長命寺山《ちょうめいじやま》の谷間に発見した。それも巨大なだけでなく、黒い巨石に白い大蛇が浮かび上がっていた。蛇石《じゃいし》という珍貴な巨石だ。

信長の到着を聞いた秀吉が馬を走らせて安土山に戻ってくる。

「猿、石はどうした！」

「はッ、何んとも大きな蛇石にて、谷間から動きません！」

「馬鹿者、兵を集めてサッサと引き上げろ！」

「ははッ！」

丹羽長秀、羽柴秀吉、織田信澄が一万の兵を集めて観音寺山に向かった。秀吉は城下の縄張りが遅れていることでも信長に叱られた。

この猿という男は信長に叱られるのを喜びとして生きている。人は叱られるとしょげかえるが秀吉は逆だ。

信長に叱られるのが快感でバリバリ張り切るという変わり者だ。

こういうのを叱られ上手というのかもしれない。叱られると兎に角仕事をするから信長の機嫌がいい。おかしな猿だ。

信長が安土山に腰を据えたことで全山が沸き立つ。

一万の大軍が谷間からズルズル巨石を引き上げたが、途中で引き綱が切れて百五十人が下敷きになって死んだ。

「引き綱を太くしろ！」

「道をもっと頑丈に踏み固めろ、誰だ、こんなズブズブの道を作ったのは？」

「石を割るな！」

「さっさと石を包み直せ、割れたら首が飛ぶぞ！」

「早くしろ！」

あちこちで怒号が飛び交う。

無数の松明で谷間は昼のように明るい。手抜かりのないように支度が整えられる。

万一にも石を割ると信長に斬られるとわかっていた。

「いいか、引っ張るぞ！」

秀吉が巨石に乗って指揮を取る。この猿は賑やかなことが大好きだ。

「石から離れろ、危ないぞ！」

「ゆっくり引け、ゆっくりだぞ！」

采配を振りながら秀吉が石の周囲を見ている。二度の失敗は許されない。

「引け、引けッ！」

巨石がゆっくり引かれて、谷間から引き上げられ、巨大な木橇《きぞり》に乗せられた。それを安土山に運び頂上に引き上げる。

蛇石を埋める巨大な穴を信長が掘らせていた。

山には信長の仮御殿以外まだ何もない。道も巨石が上ってくる道を突き固めてできているだけだ。その道の下まで昼夜を分かたず、巨石がズルズル大軍に引かれてきて、一気に安土山を上り始めた。

だが、この巨石は山に上るのを嫌って動かなくなる。

「それ引け、引き上げろッ！」

丹羽長秀、羽柴秀吉、織田信澄の三人は三日三晩寝ることもなく、巨石を観音寺山から引きずり出し安土山の途中まで運び上げた。

だが、それ以上は無理だった。

九州の近衛前久は島津義久と相良義陽の和議をまとめようと、人吉城から内城に戻って義久を説得した。

九州統一に自信を見せる義久はなかなか説得に応じない。

日向の伊東義祐とも交戦状態で有利に戦いを進めている。和睦というのは勝っているうちは応じにくい。

だが、前久はあきらめずに義久を説得する。

ところが今度は義陽が義久の起請文が欲しいと言う。互いの不信感が前久の交渉を難航させた。

結局、相互不信なのだからこういうことになる。

その頃、紀州泊城に逃げていた将軍義昭が、西国の毛利輝元を副将軍にすると話をつけて備後の鞆の浦に移転した。

遂に信長は義昭に逃げられたのだ。

手の届かない備後に入られ、義昭を捕まえるには播磨、備前、備中、備後と攻めて行かなければならなくなった。

なんとも厄介なところに逃げられた。と同時に義昭は鞆の浦に幕臣を集め、小さいながらも鞆幕府を開いて将軍としての動きを始めた。

五月に入ると義昭は反信長勢力に呼びかけて、甲斐武田、相模北条、越後上杉が和睦する甲相越一和を主導しようと試みる。

実現はしなかったが義昭のこういう動きは実に厄介だ。

その上、信長と戦い追い詰められた石山本願寺の顕如が、越中や加賀での一向一揆を停止して、上杉謙信と和睦することになった。この和睦によって謙信と信長の同盟が破綻した。

信長はあっちもこっちもうまくいかない。

それは信長が甘く考えて義昭を殺さず追放したことから始まる。信長の生涯で最大の失敗だった。

この信長との同盟の破綻は、謙信が上洛するとの意思表示でもある。

いよいよ北天を守る毘沙門天が南下する可能性が出てきた。

九州では前久の努力で一旦島津と相良の和睦が成立した。だが、北国では容易ならざる事態が起きつつあった。

謙信が上洛に動き出したら越前の柴田勝家だけでは、とても謙信の南下を止められそうにない。

そうなれば信長が西国の毛利輝元と、北国の上杉謙信に挟撃される。

勝ち目のない信長はそれでも戦うか、すべてを放り投げて逃げるしかない。

そんな困難が見えてきた十一月十三日、信長は正三位に上階し十一月二十一日に内大臣と右近衛大将に就任した。

この上階は謙信に対する牽制である。

天皇から正三位内大臣に任命された朝臣を、北天の毘沙門天は攻めるのか、狡猾な信長は天皇の袖の下にうまく隠れた。

それでも攻めるとなれば謙信は朝敵になる。

義を標榜する謙信にはできないことだ。朝敵と呼ばれることには耐えられない。

朝廷は早くから信長を野放しにしておくことの危険を感じ、征夷大将軍は無理だが将軍義昭より高い官職で遇している。

だが、信長が本当に欲しいのは征夷大将軍で大臣ではない。

大臣への就任は単なる上杉謙信対策に過ぎない。ここに信長を官職という秩序で縛りたい朝廷の思惑との間に齟齬ができている。

「鶴、京に戻るぞ」

年が明けると近衛前久は京に引き揚げる決断をした。

島津義久と相良義陽の和睦には成功した。

だが、伊東義祐や大友宗麟、有馬晴信までとなると何年かかるか分からない。それほど九州は混乱している。

近衛前久一行が京に戻ってきたのは天正五年二月二十六日だった。

義昭のために信長が建築した二条城は、安土城のために石垣の石が運び出されて壊されている。

だが、信長は誠仁《さねひと》親王に献上する二条新御所を建設していた。

その北隣の大きな屋敷を信長は近衛前久に与える。もう丹波の黒井城には戻る必要がなくなった。

前久と争った二条晴良は、義昭に接近し関白にまでなったが力を失った。

頼みの綱の将軍義昭も備後鞆の浦に逃げ、京は信長の家臣の所司代村井貞勝が治めている。

関白二条晴良は翌年には辞任する。

京や五畿内は完全に内大臣織田信長の支配下に入った。十万とも十五万ともいわれる大兵力を持つ信長の威力は凄まじい。

その凄まじい圧力を最も感じているのが朝廷だ。

正親町天皇を退位させ誠仁親王を天皇に即位させようという。そんな話が持ち上がっている。それは信長の希望でもあった。

朝廷は応仁の大乱以来、譲位というものを行っていない。

譲位によって皇位を継承するのを受禅践祚《じゅぜんせんそ》、天皇の崩御によるのを諒闇《りょうあん》践祚と呼んでいる。

朝廷はまことに暗いという諒闇践祚を嫌う傾向にある。

古くは受禅と諒闇では儀式が違っていた。正親町天皇も譲位を望んでいた。だが、譲位するには仙洞御所という上皇の住む御所が必要になる。

仙洞御所を造営する費用など朝廷にはない。

そんな中で征夷大将軍を欲しい信長を、大臣に上階させて朝廷の秩序の中に何んとか取り込んでいると思っている。

だが、その信長は謙信が怖いために官職を受けているだけなのだ。

たとえ天皇でも信長は頭を下げるのが嫌だ。

信長は意のままにならない天皇に譲位させたい。天皇も誠仁親王がもう二十六歳になっているから譲位したいのである。

共通の利害なのだがそこが微妙なのだ。天皇は信長を勤皇なのか信じきれない。

そんな信長と摂関家筆頭の近衛前久が接近する。この二人は鷹狩りが好きで意気投合した。

閏七月二十日に前久は朝廷に再び出仕、その前久の後ろには信長の力があった。

信長は安土山にいて築城に力を入れている。全山を石で覆い、地下一階地上六階の大天主の建設が始まっている。

その城は内部が吹き抜けという城郭としては考えられない構造だった。

この頃、信長は奥州の伊達《だて》輝宗《てるむね》に働きかけ、越後の本庄繁長《しげなが》と謀って、謙信の背後から討ちかかろうとしていた。

春日山城は越後でも越中に近く、出羽と接する越後の北部まではかなり遠い。

信長はその出羽の伊達家を、謙信の後方攪乱に使おうという魂胆である。戦略としてはなかなかおもしろい。

だが、そんなことに惑わされる謙信ではない。

この頃すでに、出羽庄内地方は謙信の手の中にあった。出羽はまだ統一されておらず最上《もがみ》義光《よしあき》が、天童城《てんどうじょう》を攻めるなど頭角を現してきている。

謙信は伊達や本庄の動きを気にしながらも、能登に侵攻して七尾城《ななおじょう》に襲い掛かった。

ところがこの七尾城がなかなかの難敵で、力攻めでは落ちないと判断して一旦春日山城に退《ひ》いた。

関東の北条氏政《うじまさ》の動きも気になった。

そんな謙信に将軍義昭や毛利輝元から上洛要請が頻繁に届く。

その頃、信長は能登の七尾城は城主の畠山春王丸《はたけやまはるおうまる》が、まだ六歳と幼いため長続連《ちょうつぐつら》に任せていた。

その続連が息子の連龍《つらたつ》を安土城に派遣して信長に援軍を願い出た。

この使いに信長は越前の柴田勝家を大将に、織田軍を派遣することを約束する。

そんな時、謙信は再び七尾城攻撃に現れた。この頃、七尾城内では疫病が流行り幼い春王丸が死去したのだ。

籠城兵は最早戦う気分ではなくなった。

だが、信長の援軍を信じる長続連は降伏しない。謙信は力で攻めることをしないで調略を仕掛ける。

遊《ゆ》佐《さ》続光《つぐみつ》らに反乱を起こさせ長続連らを殺害、堅城も内部から崩壊して落城した。

信長にとって状況は楽観できるものではない。

越前の柴田勝家に滝川一益、丹羽長秀、羽柴秀吉、信長の妻帰《き》蝶《ちょう》の弟斎藤《さいとう》利治《としはる》、稲葉良通、安藤守就、不破光治、前田利家、佐々成政、金森長近、堀秀政《ほりひでまさ》など四万の大軍を編成させ、八月八日に北国に出陣させる。

上杉謙信と織田軍が直接対決する時が来た。

ところが謙信の動きが実に素早い。織田軍が到着する前の九月十五日に反乱が起き七尾城は落城。長一族が城内で皆殺しになった。

十七日には能登と加賀の国境の末森城《すえもりじょう》まで謙信は攻略してしまう。

ところが織田軍は七尾城の落城を知らずに、手取川《てどりがわ》を渡河して村々を焼き払った。

だが、その途中の加賀水島で、以前から不仲だった勝家と秀吉が軍議で衝突し激しい口論になった。

上杉謙信という最も恐ろしい敵を目前に、内部分裂の喧嘩をしている時ではない。

あろうことかその喧嘩で猿の秀吉は、勝手に織田軍から離陣して近江長浜城に帰ってしまう。

敵前逃亡に等しく信長に首を刎ねられても仕方がない。

「猿め、謙信と通じたか！」

そんな言い掛かりをつけられても仕方のない秀吉の振る舞いだった。

秀吉は柴田勝家の指揮下にいることが我慢できないのだ。何んとか一軍の大将として西国に行きたいと考えている。

猿は実にずる賢い。謙信が信長に敵対したことで四方に敵を抱え、信長は自分を処分できないと読み切っての、秀吉の勝手な振る舞いだった。

この秀吉の読みは的中する。

なんとも危ない敵前逃亡だが、信長は秀吉を処分しなかった。

謙信は織田軍の北上に七尾城から出撃、いち早く手取川付近の加賀松任城《まっとうじょう》に入った。

間抜けな勝家が七尾城の落城や、謙信が松任城にいることを知ったのは、全軍が手取川を渡河し終わってからだった。

「しまったッ！」

目前に謙信がいることを知り勝家が慌てた。無敗の軍神が待ち伏せしている。

「引き揚げだ。撤退だ！」

血迷った勝家は即座に全軍引き揚げを命じる。だが、それは既に遅かった。逃げるなら手取川を渡河する前だった。川が後ろなのだからこういう時は負けても戦うしかない。背水の陣だ。ところが勝家は逃げた。

「追えッ。押し潰せッ！」

謙信自ら全軍を率いて松任城を出て織田軍を追い始める。

九月二十三日夜、織田軍は殿《しんがり》に食いつかれ、逃げながら戦ったが千人以上の死者を出して敗北。

その上、手取川が増水していて渡河を始めた織田軍が次々と溺死する。

こうなっては手の打ちようのない大敗北で、織田軍は命からがら越前まで何んとか戻ってきた。

この時、謙信は織田軍を深追いしなかった。

勝家を追って南下すべきだが、二十六日にはサッサと七尾城に帰還してしまう。戦いの勝利は七、八分がところをちょうどよいと考える。

深追いすると反撃されて味方が深く傷つくことにもなりかねない。

そういうことを謙信は嫌う。兵の損傷は少なければ少ないほどよいのである。この時の謙信の本隊はわずか八千だった。

織田軍四万は無敗の毘沙門天という上杉謙信に蹴散らされその恐ろしさを知った。

頭巾で頭を覆い兜はつけず墨衣に馬鎧を着て、陣頭にいる謙信を見ただけで震えがくるのだから戦いにならない。

恐怖というものは如何んともしがたい。怯えた兵は使いものにならないのだ。

無敗の軍神を見ることなく、暗闇の中にその気配を感じただけで、四万の織田軍は崩壊してしまった。

織田軍は歴戦の諸将が揃っていながら、この体たらくかといわれかねない。

北から来る毘沙門天がいかに恐ろしいかが身に染みた。こうなっては赤鬼の信長も叱るに叱れない。

情けないというしかない状況だった。

謙信が勢いに乗って南下してこなかったことがせめてもの幸運である。

武田信玄の死と将軍義昭の追放で、信長包囲網は破綻したかに見えたが、上杉謙信が信長に叛旗を翻したことで息を吹き返す。

大和信貴山城《しぎさんじょう》の松永久秀《まつながひさひで》、久通《ひさみち》親子が信長に叛旗を翻した。

信長が松永久秀の宿敵筒井順慶に大和守護を命じたことへの不満からだった。

そこで信長は筒井順慶、明智光秀、細川藤孝を派遣して法隆寺に布陣させ、信貴山城に松井宮内卿法印を説得に向かわせる。

だが、久秀は応じることなく、信長は嫡男信忠に佐久間信盛、羽柴秀吉、丹羽長秀などをつけ、四万の織田軍を信貴山城に向かわせた。

京の六条河原では久秀が差し出していた、人質の二人の幼い子が斬首になった。

松永久秀は前年七月に木津川《きづがわ》沖で、織田水軍を殲滅した毛利軍や、加賀で一向一揆を起こし、上杉謙信の上洛を助けている、石山本願寺の顕如光佐と連携していた。

昨日の敵は今日の援軍ということだ。

信玄が生きている時は、散々謙信を困らせた顕如だった。共通の敵が信長ということで話が違ってくる。

信貴山城の松永久秀は上杉謙信、毛利輝元、顕如光佐の信長包囲網を信じた。

その久秀は信忠の織田軍に包囲されると家臣の森好久《もりよしひさ》を、支援要請のため石山本願寺に派遣する。

ところが、使者の森好久は以前に筒井順慶の家臣で、その後、久秀に仕えたという二股者だった。

使者の好久は本願寺に向かわず真っ直ぐ筒井陣に向かって走ってしまう。

「おう、好久！」

「殿！」

森好久は信貴山城の内情を筒井順慶にすべて話してしまう。

「本願寺に援軍を頼みにか？」

「はい、鉄砲を借りに……」

「そうか、それなら余の鉄砲隊を連れて行け！」

「殿……」

「なけなしの二百丁だ。いいから連れて行け！」

順慶は元家臣の好久を信じている。それに感動した好久が引き返して城内で騒ぎを起こすことを約束する。

「いいか、城内での反乱は危険だぞ。よくよく気を付けろ……」

「はい……」

好久は本願寺ではなく、筒井軍の鉄砲隊二百人を率いて信貴山城に戻った。

この二百丁の鉄砲隊が松永久秀の命取りになる。謀略の名人が易々と騙されてしまうのが戦いだ。

好久は順慶との約束通り城内で反乱を起こし織田軍を城に引き入れた。

十月十日に久秀と久通が自害し信貴山城が落城する。

そんな動きを前久と逆鶴は京から見ていた。

逆鶴は信長が上洛すると妙覚寺か本能寺に宿泊することがあり、その隙を狙おうと考え始めていた。

妙覚寺は近衛家の隣だ。忍び込めるかもしれないと思う。

だが、逆鶴が思うほどやさしい仕事ではない。信長の近習と馬廻りの警戒は厳重で、とても容易に近づけそうになかった。

軍神の死

信長は十一月二十日に右大臣に昇進した。

そんな時、年が明けた天正六年三月、越後に大事件が起きる。

一月には近衛前久に准三宮《じゅさんぐう》の宣下があった。准三后《じゅさんごう》とも言い、太皇太后、皇太后、皇后の三后に准じるのが准三宮である。

この位は貞観《じょうがん》十三年（八七一）に、清和《せいわ》天皇が外戚の藤原良房《ふじわらのよしふさ》に宣下したのが初めてという。

皇族、摂関家、高僧などの一部にしか宣下されない特別の位である。

武家では平清盛《たいらのきよもり》や足利義満《よしみつ》など数人にしか宣下されていない。位というより待遇といってもよい。

つまり天皇家の家族になるという意味があった。

官位とは違い、天皇が特別に与える待遇である。三后に准じる天皇の処遇というものだ。

その准三宮宣下の後、三月十五日に出陣すると謙信は大動員令を発していた。

だが、九日の早朝、春日山城の厠で上杉謙信が倒れた。越後はまだ寒い時期で病に頭を直撃された。

その一撃は強烈で一瞬で謙信の意識を奪った。

酒が好きで肴は味噌と梅干、琵琶を吟じながら独酌する謙信の酒は、その体には最悪だったといえる。

一撃で意識を失い、突然のことで後継者も決まっていない。

遺言もないまま十三日に、自らを毘沙門天の化身と信じている、北国の無敗の軍神が死んだ。四十九歳だった。

春日山城は謙信の後継をめぐって、景勝《かげかつ》と景虎《かげとら》という二人の養子の戦いが始まる。

後継者を争う戦いは手の付けられない大混乱に陥った。対馬谷の段蔵以下の軒猿は謙信の甥景勝に味方した。

景虎は北条家から差し出された人質で氏政の弟である。

段蔵はその景虎ではなく、謙信の姉が産んだ景勝を後継者にと望んだ。

軍神上杉謙信の死の知らせは瞬く間に越後から全国に飛んだ。景勝と景虎の戦いが始まって謙信の死を隠しようもない。

安土山と京には最も早くその噂が到着した。

御所から戻った前久のただならぬ顔色に逆鶴は緊張した。

「鶴、部屋にまいれ！」

「はいッ……」

いつも尼僧姿の逆鶴が前久の後を追った。人払いされ、前久の居室には逆鶴と小猿だけだ。

「もっと寄れ……」

「はい！」

「驚くなといっても無理だろうが。越後の毘沙門天が倒れたようだ……」

「えッ……」

「死んだとの知らせもあるようだ……」

逆鶴は血が噴き出しそうな眼で前久を睨んだ。小猿が両手で顔を覆ってワッと泣き出した。

「出陣の支度をしている最中だと聞いた。ここだ……」

前久が自分の頭を指で突っついた。

「越後はまだ寒い。この時期が一番危ない。どうする。越後に戻るか？」

前久に聞かれ逆鶴はどうすべきか考えた。泣いてはいない。小猿が泣き顔で逆鶴を見ている。

「姉さま……」

「於豊、今、越後に戻っても騒ぎに巻き込まれるだけだ。お頭から必ず繋ぎが来る」

「うん……」

「鶴、余はそなたの使命を知らないが、およその見当はつくが言うまい。毘沙門天の遺志を継ぐ覚悟ならここにおれ、必ず、その機会は来るだろう」

逆鶴は前久の優しい言葉に泣きそうになった。

「お言葉に甘えまする……」

「うむ、それでよい。まずはじっくり越後の様子を見ることだ。今頃、春日山城は大混乱であろう。誰が後継者になっても謙信殿のようなわけにはいくまい……」

近衛前久は若い頃に下向した春日山城を思い浮かべていた。逆鶴はあの日、不可思議な仏の胸に抱かれたことを思い出している。

その夜、逆鶴は一人になってから泣いた。

自分が死んでも命令を遂行せよと謙信は言った。この日のくることをわかっていたのかもしれない。

「信長を殺せ！」

謙信が逆鶴に残した密命だけが残る。必ずやり切らなければならない。

「謙信さま……」

逆鶴は謙信に会いたいと思った。あの胸に抱かれたい。

だが、密命を帯びた者は、それを成就させるまで謙信に会えないのが軒猿の掟だ。

もう永遠に会うことはできない。

「必ず、密命を果たします……」

逆鶴はこれまで信長に近づけないでいた。

その信長は上杉謙信の死が確定すると、最早、官職は必要としないと言いたげに、一ヶ月後の四月九日に右大臣と右近衛大将を辞任した。

いとも無造作にポイと官職を投げ捨て、謙信が死ねば天下に敵はいないと宣言したようなものだ。

事実、信長の大軍が戦って負けそうな敵はもういない。

その頃、越後では謙信の甥景勝と、北条氏政の弟景虎との戦いで混乱した。いち早く春日山城本丸を占拠した景勝が有利だ。

国を二分して武田と北条を巻き込んだ戦いに広がった。

この混乱は後に御館《おたて》の乱と呼ばれるが、勝頼の妹菊姫《きくひめ》を正室に迎え、武田と同盟した景勝が勝利する。

秋になると信長が伊勢の水軍、九鬼嘉隆《くきよしたか》に命じた鉄甲船六隻が完成した。

この鉄の船は天正四年七月に織田水軍が毛利の村上水軍に殲滅され、その村上水軍の武器である焙烙玉《ほうろくだま》攻撃に負けない船として建造された。信長の発案で鉄の鎧を着た巨大な軍船だ。

信長の不思議な頭脳は何を生みだすかわからない。

「鶴、織田軍の鉄の船が伊勢から堺に回航されてくる。見るか？」

「鉄の船でございますか？」

「うむ、毛利の村上水軍と戦う鉄の船だそうだ」

「そんな鉄の船が水に浮くのでございますか？」

「さあ、堺に来るというのだから浮いたのであろう。そなたがいうように鉄が水に浮くはずがないな」

「はい……」

「どんなものか見に行こう」

前久が答えに詰まった逆鶴にニッと微笑んだ。

誰が考えても鉄が水に浮くはずがない。そんなことになったら天地が逆さまになるだろう。

鉄が水に浮くなど馬鹿も休み休み言えという話だ。船は木造でない限り浮かない。

逆鶴は謙信が死んでからは、できるだけ尼僧姿ではなく、男装して宇佐美鶴之助と名乗っている。

尼僧は謙信の供養のようで嫌だ。心の中にあの豊かな乳房の仏はまだ生きている。

二十二歳の逆鶴が水干や狩衣を着ていると、どこの公達か白拍子かと見まごうばかりに美しい。

近衛家の美男の公家侍ということだ。

「行って見るしかあるまいな」

「はい、浮いたのかもしれませんが……」

逆鶴も曖昧で浮かなかったり浮いてみたりいい加減だ。

「余も何んとか浮くように工夫したように思う。浮かねば伊勢から熊野を回って堺まで運べぬからな。そうであろう」

「はい……」

二人の話は頓珍漢だ。

そうはいうが前久は腹の中では、鉄が水に浮かぶなどと信じてはいない。

鉄の船が世界の海に浮かぶのはこの三百年後である。いずれにしても信長が鉄の船を考えた発想が素晴らしい。

前久は船を見に行くのは信長と一緒だと言った。

逆鶴が信長に近づく機会が突然に来た。果たして信長を殺せる隙を見つけられるかである。

しくじればその場で殺されるだろう。

「途中、摂津で鷹狩りをしてから堺に向かう。そのつもりでな」

「はい、そのように支度をいたしまする」

その夜、小猿が前久に抱かれた後、逆鶴の部屋に現れた。逆鶴は褥に横になっていたが寝てはいなかった。

「どうした？」

「姉さま……」

「眠れないのか？」

「うん……」

小猿は堺に鉄の船を見に行くことで興奮していた。

信長が現れると思うと体が震える。逆鶴の密命を小猿は気付いている。逆鶴が信長に仕掛けるのではと心配なのだ。

「於豊、ここに入るか？」

「うん……」

小猿が逆鶴の褥に潜り込んできた。

「姉さま、仕掛けるのか？」

「いや、そなたは知っているのか？」

「何も知らない。そんな気がしたんだ。信長に……」

「心配か？」

「うん……」

逆鶴が否定して目を瞑った。まだ、信長に仕掛けるとは決めていない。

そう簡単に信長を倒せるとも思っていない。近習や馬廻りに守られて油断はないと思える。

何よりも近衛前久に迷惑の掛かることはできない。

小猿が逆鶴の乳首を吸ってきた。

その小猿のしたいようにさせながら、逆鶴は信長に仕掛けるなら前久の元から去るべきだと考えていた。

だが、前久の元を去れば信長を倒す機会はなくなる気もする。

これは前久に迷惑の掛からないように、誰にも知られず暗殺する難しい仕事だ。小猿の体から男の匂いがする。

逆鶴はぼんやり謙信を思い出していた。

三日後の早朝、近衛前久は二羽の鷹と逆鶴、小猿、近習、小者、鷹匠など二十五人ほどで屋敷を出た。

信長は小姓、近習、馬廻り、兵三千五百ほどで京を出立した。

奥州の伊達輝宗から贈られた雪のように白い愛鷹の白鷹を先頭に、信長自慢の猛禽が十二、三羽並んでいる。

近衛家は鷹野《たかの》の家なのだ。

公家はそれぞれの家が、家業を持って朝廷に出仕している。

和歌の家、蹴鞠の家、笛の家などだ。勧修寺家は日記の家といわれる。吉田家などは吉田神社の神主だ。

前久は鷹野の家で鷹狩りが得意だ。

鷹狩りは兵の軍事訓練にもなり、信長も鷹を連れて歩いて、場所がいいと鷹狩りを始める。

ことに冬場は北から鶴や鴨など獲物が多く、信長は三河辺りまで鷹狩りに出かけることがある。

間もなく十一月で多くの鳥が北から摂津辺りに飛来している。

「鶴がおればよいのですが？」

「うむ、北から鶴が来るのはもう少し後ではないのか」

そういう信長は獲物をあまり食さない。

だが、前久は鶴の吸い物が好物だった。鶴でも丹頂はおいしくない。なんといっても真鶴と鍋鶴は絶品だ。

真魚板《まないた》というぐらいで真には食用の意味がある。

鍋鶴はいうに及ばず鍋にして食すと美味ということなのだ。冬の真鶴や鍋鶴は天皇にも献上された。

鷹狩りの話をしながら信長と前久が轡を並べている。

その後ろに信長の小姓と近習がいる。そのまた後ろに逆鶴がいた。信長の小姓が逆鶴を気にして時々チラッと見る。

それに逆鶴が笑顔で応じた。

信長の小姓は美男子で名は乱丸《らんまる》という。だが、乱丸も逆鶴の美しさにはかなわない。男装はしているが正体は女なのだ。

「鉄が水に浮くかと、不思議がる者がおります」

前久が話柄を変えて信長に聞いた。

「なるほど、だが、実は鉄は水に浮くのだ」

信長が断言した。

「やはり、浮きますか？」

「伊勢で九鬼の海賊が試してみた。すると鉄の鎧を着た船が浮いた」

信長のいう海賊とは九鬼嘉隆のことだ。

嘉隆は信長に臣従する前は伊勢湾の海賊で、口の悪い者たちは海賊大名と呼んでいたのだ。

毛利の村上水軍も海賊だ。

水軍というのはほとんどが元も今も海賊なのだ。海賊を食わせ船団を維持するのは金がかかる。

船を襲って荷を奪うなど朝飯前の仕事だ。信長は自前の水軍を持っていない。

「鶴之助ッ、やはり、鉄は水に浮くそうだぞ！」

前久が後ろの逆鶴に叫んだ。

「はい……」

逆鶴の返事に信長が振り向いた。

その鋭い眼光に逆鶴が睨まれた。無言で逆鶴が信長に頭を下げる。返事が女の声だと信長は感じた。

振り向いた赤鬼は鼻筋の通った美男だが、信長の顔は殺気に包まれている。

五体から放つのは恐ろしい油断のない殺気だ。やはり噂通りの赤鬼で第六天の魔王だと思う。逆鶴は気持ちが萎えそうな恐怖を感じた。

信長が摂津に入ると鳥見の斥候に出ていた偵察が戻ってきた。

「鶴、鶴がおります！」

信長の前に馬を止めて興奮している。

「もう、鶴がいたか、丹頂か？」

「いいえ、鍋鶴にございます。十二、三羽が田んぼに降りて落ち穂をついばんでおります」

「よし！」

信長が軍を止めた。

すぐ鷹匠が呼ばれ鷹狩りの支度に入った。

鶴は涸《か》れた水田に四羽いた。少し離れて数羽が固まっている。みな鍋鶴だ。信長の鷹四羽と前久の鷹一羽が選ばれた。

鶴獲りが上手で丈夫な鷹だ。信長が白鷹を腕に止まらせ小姓や近習、馬廻りと鷹匠数人を連れて東に向かう。

前久は逆鶴と小猿、鷹匠と小者の四人で西に向かった。

東西から挟み撃ちにして一網打尽にする。鷹は十五羽いる。

鷹が信長と前久の腕を離れて鶴を目指す。その後ろから鷹匠の放った鷹が一斉に追い駆けた。

鶴は次々と捕らえられる。辛うじて飛び立った鶴にも鷹は襲い掛かった。

数羽には逃げられたが十羽ほどを捕らえた。なかなか優秀な鷹たちでよく訓練されている。

捕らえた信長の鶴は、京に運ばれて天皇に献上され、前久の鶴は二条新御所に運ばれ誠仁親王に献上された。

兵が一斉に藪に入って兎などを追い出すと鷹がそれを追って捕らえる。

雉や鴨なども多く捕らえられ、兵たちが野営して獲物の汁が振る舞われた。兵にとっては滅多にない楽しみのごちそうになった。

「鶴之助……」

逆鶴が前久に呼ばれ信長と対面した。

「宇佐美鶴之助と申しまする」

「面を上げよ！」

逆鶴は片膝を地面について信長に挨拶した。

信長を見ると微かに微笑んだように見えたが、逆に怒っているようにも見えたのだ。

何んとも恐ろしげだ。赤鬼と呼ばれているのがわかる。

信長はさっきから逆鶴が女ではないかと思っていた。だが、何も言わなかった。

「乱、鶴之助に盃だ」

「はッ！」

逆鶴を時々見る小姓が立った。

元服したばかりの森乱丸だ。乱丸が立ってくると、逆鶴の傍に寄って盃を渡して酒を注いだ。

それを飲み干して逆鶴が信長の前から下がった。

その様子を乱丸が見つめていた。

乱丸は小柄だが年上だと思える逆鶴に思いを寄せた。乱丸は美しい逆鶴を男だと思っている。

何んともややっこしいことになりそうだ。

その夜、信長が宿泊している百姓家の傍に逆鶴が現れた。隙がないのはわかっていたが忍びの習性で警備を見ておきたい。

だが、異常なほど警戒が厳重でとても忍び込めそうにない。

近習や馬廻りが見張り、兵が五、六十人ずつ何組もいて、入れ代わり立ち代わり周辺を見廻っている。

篝火が赤々と燃えて、もたもたしていると見つかってしまいそうだ。

逆鶴は勇気を出して庭に出て行った。

「乱丸殿にお会いしたいのだが？」

庭にいた武将に声をかけた。傍には馬廻り衆が十数人屯《たむろ》して警戒している。

「お主、近衛さまの近習ではないか？」

「いかにも、宇佐美と申す」

「森殿と約束か？」

「いや、約束はしておらぬが、伝えて下されば分かりまする」

馬廻りが逆鶴の顔を見てニッと笑った。

「お主、森殿と上さまのことをご存じか？」

「いや、何も存じませんが？」

「帰った方がいいぞ。横恋慕など邪魔になるだけだ。訪ねてきたことは内緒にしておくから……」

ニヤニヤした馬廻りが逆鶴と乱丸を衆道と思ったようだ。

逆鶴はそれでもいいと思う。狙いは乱丸ではなく信長なのだ。そういう噂はすぐ広がるものだ。

誰が内緒になどしておくものか、明日には逆鶴と乱丸が噂になる。

逆鶴は馬廻りに逆らわずおとなしく前久の宿所に戻った。

翌朝、出立前に逆鶴は乱丸と出会った。すると、乱丸が逆鶴の袖を引いて百姓家の裏に連れて行った。

「鶴之助殿、夜中に訪ねて来るなど困る。憎くは思わぬが上さまが寝ておられる」

「ならば、いつ会えるのか？」

逆鶴が積極的に乱丸を誘った。

「堺でならいいか？」

「堺は困る。京か安土だ……」

「相分かった」

逆鶴が乱丸の手を握った。驚いた乱丸がその手を引いた。

「ここでは困る……」

「そなた信長さまが怖いか。それがしは怖くない」

怒った顔で逆鶴が乱丸を睨んだ。乱丸は信長との衆道を知っているのかという顔でニッと薄く笑う。

「信長さまから乱殿を盗る」

逆鶴の言葉に乱丸が身を引いて驚いた。

信長を怖くないとか、信長から自分を盗ると言い放つ逆鶴に乱丸は驚愕した。そんなことを言われたことがない。

乱丸は傍にいて信長の優しさと恐ろしさを誰よりも知っている。

「鶴之助殿は本気で……」

「本気だ。乱殿をそれがしのものにする」

「鶴之助殿……」

美しい逆鶴に睨まれて乱丸はとろけてしまう。逆鶴二十二歳、乱丸十四歳だった。

乱丸

九月三十日夕刻、信長と前久が堺に到着した。

その頃、六隻の鉄甲船と一隻の安宅船《あたけぶね》は堺港の沖に錨《いかり》を下ろしていた。夜の操船は危険だ。

信長に見せるための着岸は翌日の早朝になる予定だ。

その夜、信長と前久は堺の納屋衆《なやしゅう》に歓迎された。堺奉行松井宮内卿法印、今井宗久、千宗易、津田宗及らが二人の接待に奔走する。

信長は鉄甲船を検分するため、摂津の木津川沖にいた船を堺に回航させた。

既に、熊野沖を回って紀州沖で雑賀《さいか》の水軍と戦い、鉄甲船の活躍は信長に報告されている。

雑賀や淡輪《たんのわ》の海賊船など全く歯がたたなかった。

翌早暁、東の空が白くなると鉄甲船と安宅船が錨を上げて動き出した。

ゆっくり周辺の小舟に気を付けながら巨船が湊に入ってきた。そこに信長と前久が検分に現れた。

先頭の船に九鬼嘉隆が乗っている。

巨船は鉄の板で覆われ、朝日に鈍く輝いていた。

六隻の鉄甲船が岸壁から少し離れて並ぶと、実に恐ろしげで異様な恐怖感がある。

信長が琵琶湖に浮かべた長さ三十間の船より少し短いが、鉄の鎧を着た船は言葉にできないほど威圧感が違う。

信長と前久は小舟に乗って怪物のような鉄甲船に向かう。巨大な伊勢船に大きな箱矢倉が乗っている。

矢倉には片側に二百ほどの銃眼が隠されていた。

長くて太い二人漕ぎの大艪が片側に四十丁ほどある。その上、この化け物のような軍船には小型だが大砲が三門ずつ装備されていた。

まさに九鬼嘉隆自慢の無敵の鉄の船だった。

「上さま、お望みの鉄の船にございます」

嘉隆が片膝をついて信長に頭を下げる。伊勢の船大工が総力を挙げて造船した怪物軍船だ。

「大儀、六隻はみな同じ造りか？」

「はッ、同じ造りにいたしました」

「重そうだな？」

「少々、船足が遅いようです」

この鉄の船の弱点は図体が大きく鉄で重いためゆっくり動く。

「大砲は三門だな？」

「御意、大砲、大筒、火縄などを装備してございます」

「乗組員は！」

「五、六百にて総兵力四千あまりにございます」

そこに安宅船から滝川一益が来た。

「彦《ひこ》右《え》衛門《もん》、見事なものだな」

「御意、この船団が木津川河口を塞ぎまする。村上海賊を殲滅、海の藻屑にする所存にございます」

「うむ、海賊どもを川に入れるな！」

「はッ！」

信長はこの鉄の船で石山本願寺の息の根を止められると考えた。

その本願寺とはもう十年近くも包囲戦を戦ってきた。信長の天《てん》下《か》布《ふ》武《ぶ》が遅れているのは、石山本願寺の抵抗があるためともいえる。

だが、この船で息の根を止めてしまう。

加賀の一向一揆はまだ燻ぶって消えていない。何んとも厄介なのが顕如の石山本願寺なのだ。

「よし、中を見よう！」

九鬼嘉隆の案内で信長、前久、滝川一益、丹羽長秀、信長の太刀を持った乱丸の六人が薄暗い船の中を検分した。

逆鶴は岸壁でその様子を見ていた。船から乱丸がチラッと逆鶴を見る。

逆鶴は鉄の巨船がなぜひっくり返らないのだと不思議に思う。恐ろしい船だ。

信長の鉄甲船の検分は半刻ほど続いた。岸壁だけでなく、海上にも船を出して野次馬が鉄甲船に群がっている。

見ている誰もが鉄の船が浮かんでいるのが不思議なのだ。

「あの船は恐ろしい……」

小猿が逆鶴の傍に来て呟いた。手をつなぎたいが我慢する。

「毛利の村上水軍と戦う鉄の船だそうだ」

「姉さま、あの船で木津川を塞ぐんだそうですね？」

「うむ、本願寺に兵糧が入らなくなる」

「石山本願寺も終わりですか？」

「おそらく、毛利からの兵糧が入らなければ、すぐ飢えるだろう」

「かわいそうに……」

「包囲されているからな。籠城も一年は無理だろう」

「うん……」

逆鶴と小猿が話していると、越後から出てきた軒猿小次郎が近寄ってきた。

「京で……」

それだけ言って二人から離れて行った。

野次馬に紛れ込んですぐ見えなくなった。暫くすると、信長と前久たちが船から下りて戻ってきた。

急に明るいところに出て乱丸は眩しく桟橋から落ちそうになった。

小猿が逆鶴から離れて行った。

戻ってきた乱丸が時々逆鶴をチラッと見る。その様子に信長が気付いたようで逆鶴を睨んだ。

船の検分が終わると納屋衆の屋敷で信長と前久に茶が振る舞われた。

一休みすると信長は織田軍を率いて堺を離れる。

その信長は京に戻ると本能寺に入った。信長が安土城と同時に京に築いた屋敷は、二条新御所として数日後には誠仁親王に献上されることになっていた。

これ以後、信長は京に入ると二条妙覚寺か、四条坊門小路《しじょうぼうもんこうじ》蛸薬師《たこやくし》通《どおり》の、本能寺のいずれかを宿泊に使うようになる。

妙覚寺も本能寺も日蓮宗の寺で、信長の家は代々南無妙法蓮華経の日蓮宗だ。

その夜、逆鶴は前久の二条近衛屋敷で忍び込んだ小次郎と会った。

「お頭は景勝さまの味方をなさる」

「分かった」

「景勝さまは甲斐の武田勝頼さまと同盟なさった」

「うむ、御館の戦いは近衛さまから詳しく聞いた。景勝さまが武田家の姫さまをご正室になさったとも……」

「越後は景勝さまでまとまるとお頭は考えておられる。逆鶴は謙信さまの密命を成し遂げろとのことだ」

「承知……」

「小猿は引き続き逆鶴を助けろ……」

「分かった」

「謙信さまが亡くなられて、軒猿は対馬谷に帰る暇がないほど忙しい。この混乱で弥平次殿と小兵衛殿が死んだ。油断するとやられるぞ」

「北条の風魔か？」

「そうだ」

ニヤリと笑って小次郎が席を立った。

「越後か？」

「うむ、三河と甲斐を見てから越後に戻る」

小次郎が音もなく部屋から消えた。

小次郎の席には袱紗に包んだ黄金が残されていた。

その頃、本能寺では乱丸が信長に抱かれている。信長は亡くなった森三左衛門《さんざえもん》の息子の乱丸を寵愛していた。

「乱、鶴之助に誘われたか？」

「上さま……」

乱丸が驚いて信長を見た。薄明かりの中で信長が笑う。

「気に入ったらよいぞ。だが、鶴之助は女だぞ」

「エッ……」

「気付いていないのか？」

「はい……」

「あれは、女だ。間違いない」

「では、どこぞの……」

「おそらく、間者であろう」

「上さま……」

「よい、乱に近づいたのだから何か目的があろう。そのうち余の前に連れてまいれ！」

「近衛さまが……」

「女だと知っているだろうが、何を企んでいるかまでは知るまい」

「近衛さまの女では？」

「いや、それは違う。九州に連れて行ったようだが、おそらくその役目は豊丸《とよまる》の方だ」

「あの鶴之助の傍に……」

「うむ、豊丸も女だ」

信長は逆鶴と名乗る小猿の正体も見抜いていた。

だが、越後の軒猿で逆鶴が、上杉謙信の密命を帯びているとは分かっていなかった。

むしろ信玄が使っていた甲斐の歩き巫女の一人かと思っている。つまり勝頼が放った苦し紛れの女忍びだろう。義昭が使っている毛利の世鬼《せき》の女忍びかもしれない。

翌朝、信長は完成間近な安土城に戻って行った。

十一月六日朝、木津川沖に並んだ六隻の鉄甲船と一隻の安宅船の前に、毛利の村上水軍六百隻が姿を現した。

石山本願寺に入れる秋に穫れたばかりの米を満載している。

巨大な鉄甲船に驚きながらも村上海賊は勇敢だった。沖から押し寄せてくると鉄甲船に群がって、得意の焙烙玉攻撃を始めた。

だが、ことごとく鉄の船に跳ね返され、逆に三門の大砲と大筒や二百丁を超える火縄銃の一斉射撃で、小さな関船《せきぶね》や小早《こはや》が燃え上がった。

焙烙玉とは陶器に火薬や油を詰め、導火線に火をつけ敵船の中に投げ込む武器だ。船内で破裂したり燃え上がったりで手の施しようがない。それで、天正四年には九鬼水軍が全滅させられた。

だが、今度は逆でその焙烙玉も鉄砲の弾も鉄の船に跳ね返された。

鉄壁の防御で焙烙玉や焙烙火矢の攻撃にビクともしない。

鉄甲船の大砲が火を噴くと五、六百匁《もんめ》の弾丸が敵船の胴体に穴をあける。そこから浸水して船が沈む。

ドーン。バリバリと砲弾が船板を砕いた。

鉄の船から猛攻を加えられ、燃えながら逃げる船、浸水して動けない船、木片に摑まって泳いでいる無数の兵、どうにも戦いにならず海賊水軍が逃げ出す。

石山本願寺に兵糧の搬入などできるはずがない。

木津川沖で三百隻近い船を沈められ、村上水軍は本願寺に兵糧を入れられず、四国方面に南下して逃げて行った。

この戦いで毛利からの兵糧を絶たれ本願寺の命脈が尽きる。

信長の織田軍は越前の柴田勝家だけでなく、西国では秀吉軍が毛利と対峙していたが、その秀吉は上月城《こうづきじょう》や三木城《みきじょう》で苦戦していた。

摂津の有岡城《ありおかじょう》では荒木村重が謀反を起こしている。そんな中で毛利水軍が殲滅したことは大きな成果だ。

年が明けた天正七年五月、近江湖東の安土山に信長が精魂込めた城が完成した。

地下一階地上六階という巨大な天主を持つ安土城は、城というにはあまりにも荘厳な聖堂だった。

信長が自らの功績を顕彰するに相応しい城だ。

明智光秀に攻められ抵抗していた丹波の波多野秀治《はたのひではる》が降伏、信長に謀反を起こした荒木村重が有岡城から逃亡。

備前の宇喜多直家《うきたなおいえ》が毛利から織田に臣従、播磨の三木城も兵糧を絶たれて開城しそうになっている。

そんな十一月になって、明日には誠仁親王と皇子の和仁《かずひと》親王が二条新御所に動座する夜、二条新御所の隣の近衛屋敷を出て本能寺の乱丸を逆鶴が訪ねた。本能寺は二条新御所の南の四条坊門小路にある。信長は親王の動座のため京に出てきていた。

一町ほど東には南蛮寺が建っていた。

信長は安土城から京に出てくると本能寺に入るようになっている。本能寺の山門には数人の兵がいて警戒している。月明かりで四条坊門小路は白い。

「誰だッ!」

逆鶴に気付いた兵が誰何した。

「夜分ご苦労に存ずる。それがしは近衛関白さまの近習宇佐美鶴之助と申す。森乱丸殿にお会いしたい。お取り次ぎ願います」

「近衛さまの宇佐美殿だな。聞いてまいる。暫く、お待ち下され!」

兵が槍を担いで境内に走って行った。

門番たちは月明かりに逆鶴を舐めるように見る。

その公家侍は薄明かりに妖艶な美しさだ。市女笠でも被っていれば京の夜に出没する妖怪だ。

「それがしに何か?」

「いや、足はあるようだ。ご無礼を……」

兵が頭を下げた。それでも兵たちはチラッ、チラッと怪しむように逆鶴を見る。

そんな視線を知らぬ振りで月を見たり、境内を見たり、逆鶴も落ち着かない。まだ、逆鶴に信長を殺す意思はない。

敵に近づくにはまず殺気を消すことだ。

危険は以心伝心で敵に伝わる。その前に乱丸と親しくしておきたい。そうすればいつでも信長の傍に近づける。

暫く待つと兵が乱丸を連れて戻ってきた。

「鶴之助殿……」

乱丸が逆鶴を見つめてニッと笑った。

信長が言うようによく見ると逆鶴は女だ。間違いないと思った。

「中へ……」

乱丸が逆鶴を境内に誘う。

「よろしいのか？」

「うむ……」

小さく頷いて乱丸が歩き出した。その後ろ姿は逆鶴より小さい。

この時、十五歳の乱丸は信長の猛将森三左衛門可成《よしなり》の三男で、一年前に二人の弟坊《ぼう》丸《まる》、力丸《りきまる》と信長に小姓として仕えたばかりだった。

乱丸は元服して森成利《なりとし》という。

「上さまはもうお休みだ。それがしの部屋へ……」

乱丸が寺内の暗い廊下を通って小さな自室に案内した。全く人の気配がない。

逆鶴が謀られたかと気付いた時には既に遅かった。四方の襖が開いて灯かりを持った信長の近習が乱入した。

「何ごとかッ！」

逆鶴が太刀を抜こうと構えた。

「鶴之助、余だ！」

信長が暗がりからヌッと現れた。

「う、上さま……」

逆鶴がその場に座して、太刀を置き信長に平伏した。

すると、信長は力丸から太刀を取り、鯉口を切って抜き放った。その太刀が逆鶴の平伏した首の傍の畳にグサッと刺さった。

坊丸が逆鶴の腰から脇差を抜き取った。

「驚かぬようだな？」

「恐れ入りまする……」

逆鶴は正体が発覚したと覚悟を決めた。信長に斬られれば仕方ない。だが、謙信の名だけは絶対に出せない。

「乱丸に近づいた目的は何んだ。余の命か？」

「そのようなことではございません」

「鶴之助とは仮の名であろう。女！」

逆鶴は近衛前久に迷惑をかけることを恐れた。

「乱丸に懸想したか？」

逆鶴は斬られることを覚悟して何も答えない。平伏したままだ。

ここで斬られれば闇から闇に葬られる。それも軒猿の運命だ。前久に類は及ばないと判断した。

「乱、こやつは女だ。裸にして確かめろ」

信長が畳から太刀を抜いた。

「畏まって候！」

坊丸が後ろから逆鶴の襟を摑んだ。乱丸が逆鶴の前に座る。

「鶴之助殿、上さまのご命令である。潔くなさるように……」

乱丸が逆鶴を睨んだ。

それに小さく頷いて逆鶴が立ち上がり衣服を脱ぎ始めた。

その静かで潔い逆鶴を、太刀を下げた信長が見ている。逆鶴の脱いだ衣服を乱丸が預かる。

「力丸、二人を呼んでこい」

「はッ！」

信長は丸裸になった逆鶴を見て、力丸に二人の侍女を呼んでくるよう命じた。

この二人は信長に仕える女間者で、いつも信長の傍にぴったりついている。時には寝所の中にいることもある。

逆鶴の愛

逆鶴は信長の前に立っている。

信長は太刀を下げたままだ。その信長を裸の逆鶴が怒った顔で睨んだ。乳房が膨らんでまぎれもない女だ。

「いい女だ。みな下がれ……」

二人の侍女が入ってくると信長は乱丸以外の近習を下がらせた。

逆鶴は二人の女に自分と同じ匂いを感じた。鋭い目つきはただの侍女ではないとわかる。

「余がこの女を抱くゆえ、体の隅々まで調べてみろ。寸鉄も取り上げろ」

「はい……」

逆鶴は太刀と脇差の他には何も帯びていない。

信長を殺すつもりできたのではない。二人の女が逆鶴の髪を解き、口の中から秘部まで入念に調べ上げた。

「上さま、寸鉄も帯びてはおりません」

「うむ、みな出て行け！」

信長が太刀を乱丸に渡すと、三人が部屋の外に出て行った。部屋には二人だけだが廊下には近習たちが警戒している。

「座れ！」

信長が逆鶴に命じた。

「名は？」

「鶴にございます」

「余の命が欲しいか？」

信長は白い寝衣のまま素っ裸の逆鶴の前に座っている。逆鶴は平伏して答えない。

「欲しければくれてやらぬでもない」

信長が逆鶴の腕を摑んだ。

「ここまで来るからには死ぬ覚悟であろう。だが、まだ死ぬな」

信長が逆鶴を抱き寄せると覆いかぶさった。逆鶴は唇を嚙み、信長の嵐が過ぎ去るのを待った。

四半刻が過ぎようとする頃、逆鶴は信長の乱暴に答えるように強く抱きしめた。

逆鶴のうめき声が廊下の乱丸に聞こえた。

「鶴、うぬが死ぬことは許さぬ。余の最期を見届けろ！」

「信長さま……」

「うぬは越後の軒猿であろう。北条の風魔でも毛利の世鬼でもなかろう。甲斐の者でもなさそうだ」

正体を見抜かれ逆鶴がまた信長を抱きしめた。

「毘沙門天に余を殺せと命じられたのであろうが謙信はもう死んだ。余もそう長くはない」

「信長さま……」

逆鶴は嵐の半刻を信長にぶつかっていった。二人は寒さも忘れている。

信長がそう長くは生きられないと、不思議な謎の言葉を言った。その言葉が逆鶴の耳に残った。

暫くして信長は疲れ切って畳に転がった。

「鶴、死ぬなよ」

信長は起き上がると乱れた寝衣を整えて部屋から出て行った。

逆鶴はぼんやり部屋の天井を見ていた。そこに乱丸が入ってきて裸の逆鶴に何も言わず着物を掛けた。

「乱丸殿、信長さまはいつからそれがしのことを？」

「おそらく、昨年、堺で見抜かれたかと……」

「堺で、そうですか……」

逆鶴が着物を着て立ち上がった。その支度を乱丸が手伝った。

その時、逆鶴の大小を抱えて力丸が入ってきた。逆鶴はその脇差を受け取り腰に差すと太刀を握った。

こういう時はじたばたしても仕方がない。

逆鶴がまったく考えていない方へ事態が転がりだした。迂闊だと言えば迂闊、油断したと言えば取り返しのつかない油断だ。

だが、それも考え方次第で、これで信長をいつでも殺せるということだ。

「鶴之助殿、山門までお送りいたしまする」

「かたじけない……」

「いつでも、それがしを斬って下され……」

「乱丸殿……」

「その覚悟です。いつでも……」

「乱丸殿、このことを恨みには思いません」

「鶴之助殿……」

二人が互いの気持ちを確認するように見つめた。逆鶴は信長に完敗したと思う。

軒猿が全て見抜かれては死ぬしかない。だが、それを知っているかのように、信長は逆鶴を抱いて死ぬなと命じた。

信長が逆鶴を斬り捨てようと思えばできた。だが、そうはしなかった。

逆鶴はなぜだと考える。

山門で乱丸と別れ、四条坊門小路を東に歩き、南蛮寺の角を左に曲がって室町小路を北に向かった。

月明かりに逆鶴が立ち止まった。

東山から昇った月が中天に近い。フッと謙信のことを思い出した。逆鶴が抱かれたのは謙信と信長だけだ。

「誰だ！」

逆鶴が太刀の柄を握って腰を沈めて構える。

「小僧、銭とその太刀を置いて行け！」

「銭などない！」

逆鶴の前に三人の盗賊が立った。

信長が京にいる時は盗賊たちも息を潜めるのだが、よほど飢えているようだと逆鶴は思った。

ゆっくり太刀を抜いた。

「こやつめ、抜いたぞ……」

すると長刀の男がいきなり逆鶴に斬りつけてきた。その長刀をかわして横一文字に太刀を払った。

太刀先が男の膝の上を掠った。殺す気はない。

「ゲッ！」

長刀の男が尻もちをついた。

そこに頭らしい男が槍を突っ込んできた。

逆鶴はその槍を弾いて道に転がった。最後の男が槍を叩きつけてきた。逆鶴は塀の傍に転がって立ち上がった。

「シャーッ！」

逆鶴の太刀が槍を掠めて敵の胴を払った。

「ングッ！」

間髪も入れず逆鶴の太刀が男を逆袈裟に斬り上げた。

男が倒木のようにドサッと倒れる。それを見ていた頭が素早くサッと暗闇に逃げて行った。

逆鶴はそれを追うように室町小路を北に走ったが、盗賊は姿をくらまして見つからない。

太刀を鞘に納めて急ぎ足で北に向かう。

近衛屋敷に戻ると心配そうに小猿が待っていた。

「姉さま、袖に血が……」

小猿が盗賊の返り血を見つけた。

逆鶴は盗賊の話はしたが、本能寺で何があったかは話さない。これからどうするか、それは逆鶴が考えることだ。

翌二十二日には二条新御所に動座する誠仁親王の盛大な行列が行われた。

先頭が近衛前久の輿、次が前久の嫡男近衛大納言信基《のぶもと》の輿、関白兼季《かねすえ》の輿、五摂家一条左大臣内基《うちもと》の輿、二条右大臣昭実《あきざね》の輿、鷹司少将信尚《のぶひさ》の輿が通った。

輿の脇に侍衆、輿の後ろに介添衆と中間《ちゅうげん》、大藤《おおとう》備前守、奉行の林《はやし》越前守と小河亀《おがわかめ》千代丸《ちよまる》、触口の者、親王の御物、雑色《ぞうしき》の者、琴の楽人、御唐笠の者、白御笠の者と華やかな行列である。

一番輿に五《ご》の宮《みや》と若御局《わかおんつぼね》、二番輿に中山《なかやま》の上﨟と勧修寺の上﨟、三番輿に大御めのと、四番輿におやや、五番輿に中将、六番輿に五の宮の御めのと、各輿の脇に侍衆、お供の女房衆六十人、従う下々の者たちだ。

殿上人は飛鳥井《あすかい》大納言、庭田《にわた》大納言、柳原《やなぎはら》大納言、四辻《よつつじ》大納言、甘露寺《かんろじ》大納言、高倉中納言などが並んでいる。

女房衆から小者まで百官が勢揃いの行列だ。

最後に親王の御輿添い、親王の御輿の輿、北面の武士十一人、清華《せいが》の人は徳大寺《とくだいじ》大納言、西園寺《さいおんじ》大納言、大炊御門《おおいのみかど》中納言、久我《こが》中納言、転法輪三条《てんぽうりんさんじょう》中納言、花山院《かさんのいん》宰相中将、公家衆の侍や中間三百人、親王の輿、親王の輿付伯中将、親王の輿付冷泉《れいぜい》中将、御簾上げ菊亭《きくてい》内府、御剣は中院《なかのいん》中納言、申し次が勧修寺中納言。この盛大な行列を今は天下人の信長が見ていた。

その信長を野次馬に紛れて逆鶴が見ていた。

深夜、逆鶴は塀を乗り越えて本能寺に忍び込んだ。昨日と同じように静かでどこに兵がいるのか分からない。

本能寺は大きな寺で一万や二万の兵は収容できる。

逆鶴はなぜ本能寺に忍び込んだのか分かっていない。ただ、信長にどうしても会いたいと思った。

境内から寺に入ると暗い廊下を奥に歩いて行った。

すると逆鶴の前に二人の侍女が立った。廊下には暗い灯かりがある。逆鶴は逃げようとも、戦おうともしない。

その様子に二人は怪訝に思ったようだ。

「ここから先は通しません」

「黒装束とは、どなたか？」

逆鶴は長刀を持った侍女の前で黒い頭巾を取った。

「つ、鶴之助殿……」

「上さまはもうお休みじゃ……」

一人が逆鶴の袖を引いて傍の部屋に引きずり込んだ。薄暗い灯かりが灯っている。

「どうなされた。ここは、鶴之助殿といえども立ち入れぬところぞ……」

逆鶴はただ黙って立っている。

一人が逆鶴の大小を腰から抜き取った。すると、騒ぎに目を覚ましたのか襖が開いて寝衣の信長が現れた。

「鶴、入れ！」

「上さま、検分を……」

「構わぬ！」

信長が逆鶴の肩を抱くように寝所に入れた。その信長の胸に逆鶴が顔を埋めた。

「道端で余を見ておったな？」

「はい……」

「余は明日、安土に戻る」

「明日？」

「安土に来るか？」

逆鶴は信長に抱きしめられ、黒装束を剝ぎ取られて褥に横になった。

「信長さま……」

「何んだ！」

「斬って下さい……」

眼に涙をためた逆鶴を信長が睨んだ。

油断して信長に抱かれてしまった逆鶴は、その強烈な個性の信長を一夜で愛してしまった。

「いいだろう。年が明けたら安土城にまいれ。望み通り斬ってやろう」

逆鶴が信長を抱きしめた。

明け方になって逆鶴は本能寺を出て近衛屋敷に戻った。前久に愛された小猿が怒った顔で逆鶴の部屋にいた。

「姉さま、どこに行ってこられたのか？」

「本能寺を見てきた」

「昨日も本能寺、今日の姉さまの体からは信長の匂いがする」

「何を馬鹿なことを……」

ドキッとしたが逆鶴は即座に強く否定した。小猿に殺される。段蔵に裏切ったものは殺せと命じられているはずだ。

「近頃の姉さまは少しおかしい。時々男の匂いがする。まさか乱丸か？」

「馬鹿なことをいうものではない」

「時々、ぼうっとして心ここにあらずじゃ。おかしいぞ」

「少し疲れているのだ。心配ない」

逆鶴は信長とのことを小猿に隠した。

年が明けると元旦に雪が降った。

琵琶湖の北の伊吹山が真っ白になり、安土城の大天主もうっすらと雪に包まれ、この世のものとは思えない美しさだ。

この年、信長は全ての挨拶を中止にした。

そのため、誰も安土城には現れずかつてない静かな正月になった。

信長は大天主の最上階で雪に包まれた琵琶湖の景色を見ている。その時、フッと逆鶴のことを思い出した。

「あれはいい女だ……」

信長には十人を超える側室がいた。

子どもは三十人近い。信長は逆鶴を刺客に出した上杉謙信のことを考える。

信長の最強の敵と思われた武田信玄と上杉謙信が共に病に倒れた。それは天祐というしかない。

信長は迷信など信じないが、元服の時に、信長という名は四十八までに天下を取る名だと言われたことを信じている。それは敦盛の人間五十年とも通じると考えていたのだ。つまり四十六歳の信長はそう長くは生きられないと思っているということである。

信長は岐阜城で武田信玄の間者、望月千代女を抱いたのを思い出した。

「千代女もいい女だった！」

信長が女のことなど思い出すのは珍しいことだ。妻子に無頓着なのが信長である。

その信長にとって逆鶴は強烈な刺激になった。大天主から降りた信長は久しぶりに二の丸に入った。

そこには信長の正室帰蝶や側室たちが暮らしている。

側室お鍋の部屋に入った信長は、珍しく正月の酒を飲むと荒々しくお鍋を抱いた。

お鍋はいつになく乱暴な信長を受け入れた。

お鍋の穏やかな性格と優しさを信長は気に入っている。信長の側室で四人も信長の子を産んだのはお鍋一人だ。

一月十七日に播磨の三木城から別所長治《べっしょながはる》の首が届けられた。

その首を安土城の百々橋《どどばし》口に晒させた。

京の近衛屋敷では安土城に行きたい逆鶴が、出かける口実がなく苛々しながら困り果てていた。

そんな様子を小猿がじっと見ている。

小猿は逆鶴が信長と寝たのではないかと疑っていた。だとすればそれは言い訳のできない裏切りだ。

対馬谷の加藤段蔵に知れれば必ず殺される。

そんなことは絶対に嫌だと小猿は思う。逆鶴を好きな小猿もどうすればいいのか迷っていた。

二月になると二十一日に信長が上洛して二条妙覚寺に入った。

妙覚寺は近衛屋敷の西隣、二条新御所は近衛屋敷の南隣だ。隣の妙覚寺に信長がいると思うと逆鶴の胸は高鳴った。

会いたい。だが、あまりに近いだけに迂闊には近づけない。

逆鶴は信長が自分に会いたくて、宿所をわざと妙覚寺にしたのではないかと勝手なことを考える。

二十四日に信長は一乗寺、修学寺方面で鷹狩りを行った。

そこに近衛前久が参加した。逆鶴も鶴之助になって前久と鷹狩りに行った。逆鶴は馬に乗っていつも前久の傍にいる。

そこには必ず小猿もいた。前久はまだ信長と逆鶴の関係を知らない。

前久が腕に鷹を乗せて駆けだした。兎を見つけてそれを追う。そこに、馬に乗った乱丸が現れた。

「豊丸殿、もう、鴨は北に帰ったようでござるな？」

小猿に話しかけてきた。傍に逆鶴がいる。

「さよう、冬の鳥は北に帰る季節でござる」

「関白さまは兎を？」

「兎はまだ、冬毛のようでござる」

「兎もそろそろ夏の毛替わりの頃かと……」

逆鶴は二人の話を聞いている。信長が現れるのではないかと思った。

「御免！」

小猿が乱丸に正体を見抜かれるのを嫌がるように、いきなり馬腹を蹴って前久を追って行った。

「鶴之助殿、今夜、よろしいか？」

「はい……」

「裏からです」

「承知……」

乱丸が馬腹を蹴って森の中に消えた。

逆鶴も小猿を追い、兎を狙う前久を追った。前久の愛鷹は見事にその兎を捕まえている。この日も前久は鷹狩りに三羽の鷹を出した。三羽とも近衛家の鷹匠が丹精した猛禽だ。鷹が捕らえた兎を取り上げると、鷹匠が褒美に小さな肉片を与える。

眼光鋭く、気品のある鷹を信長も前久も愛した。

その信長が家臣団を連れて現れた。鷹匠が十数羽の鷹を連れている。どこで捕まえたのか、鷹匠が鶴を一羽持っていた。

「この時期に鶴とは……」

前久が驚いた。信長の拳には愛鷹の白鷹が止まっている。

奥州から来た雪のように白い自慢の鷹だ。

「そろそろ鶴も鴨も仕舞いでござる」

信長がジロッと逆鶴を見た。逆鶴は胸が苦しく潰れるのを感じた。もう信長を愛してしまっている。

人の思わぬ邂逅が運命を変えることはしばしばある。それが良い方なのか悪い方なのか誰にもわからない。

「兎が二羽、雉が三羽でござる」

前久は獲物が少なかったが充分に楽しんだ風情だ。

信長は鶴を天皇に献上するため使いを走らせる。二条新御所の誠仁親王にも雉と鴨が献上された。

小猿の死

その夜、二条妙覚寺に所司代村井貞勝が呼ばれた。

「長門守、本能寺を城に造り直せ！」

「城に？」

「塀を高く頑丈にして、地下に兵糧と武器弾薬を備蓄する。五千人が三ヶ月ほど戦えればよい。急ぐぞ！」

「畏まりました。極秘裏に大急ぎで始めまする」

「猿は西国で張り切っているがいずれ、西国攻めには余が行くしかあるまい？」

「御意、羽柴殿だけでは毛利は手に余るかと存じまする。毛利には小早川隆景《こばやかわたかかげ》がおりますれば……」

「隆景か、なかなかの男のようだな？」

「御意……」

信長も小早川隆景が名将だとは聞いている。

毛利元就の三男で早世した兄隆元の嫡男輝元を当主にして、西国の雄毛利家を支えている名将だ。四十八歳になる。

後の話だが、黒田《くろだ》官兵衛《かんべえ》に対して隆景が、「貴殿はあまりにも頭が良い。それゆえに即断即決し後悔することも多いと思う。それがしは、貴殿ほどの切れ者ではないゆえ、充分に考えてから判断する。それゆえ、後悔することが少ない」と言ったという。

官兵衛は思うことがあり隆景の言葉に感服した。

そして、隆景が亡くなった時、「これで日本には賢人がいなくなった」と、嘆き悲しんだともいう。

その小早川隆景の存在が秀吉を悩ませるだろうと村井貞勝は見ていた。

信長がもっとも信頼する吏僚が所司代の村井貞勝だ。バテレンのルイス・フロイスらは村井貞勝を京の総督と呼んでいる。

一筋縄ではいかない公家を手玉に取る頭脳と度量を備えていた。

織田家で最も度量の大きいのが秀吉と言われているが、貞勝はその秀吉に負けない胆力を備えていた。

信長より三十歳近く年上で信長の父信秀の家臣だった。

武功がなく埋もれていたのを信長が見出した。

信長は貞勝が帰ると寺の湯殿に向かった。鷹狩りから帰って汗を流したが、貞勝と長話をして体が冷えている。

乱丸が「風呂の支度が整いましてございます」と言ったのを、信長は逆鶴が待っていると聞いたのだ。

湯殿に行くと女が三人控えていた。夕方にはいつもの二人だけだった。

信長は黙って湯殿に入った。湯気の中に現れたのは逆鶴だった。二人の侍女は外に控えている。

「鶴、寒くないか？」

信長が逆鶴を抱き寄せると白い浴衣を剝ぎ取った。逆鶴は崩れるように信長に抱き取られた。

「冷たいな。会いたかったぞ」

信長が女に甘い言葉を言うのは珍しい。

「信長さま……」

逆鶴は信長に抱かれて泣きそうになった。

最早、行き場のない逆鶴なのだ。

こうなっては加藤段蔵に殺される運命しか残っていない。近衛屋敷を出る時は、前久と小猿が疲れて寝静まるのを待って飛び出してきた。

信長が逆鶴に覆いかぶさってきた。

二人は大汗をかき、それを流すと信長は逆鶴を抱きあげて湯殿を出た。侍女が信長を浴衣から寝衣に着せ替え、逆鶴に寝衣を掛けた。その逆鶴を抱きあげて信長が寝所に向かった。

こんな優しい信長を誰も見たことがない。

どうしたことだと二人の侍女が唖然と見ている。魔王とも赤鬼とも言われて誰からも恐れられる信長だ。

「鶴、覚悟はいいな」

逆鶴がうなずくと信長が襲い掛かった。

一刻半ほどで逆鶴はフラフラと近衛屋敷に戻った。いつまでも信長に抱かれていたいが、小猿が疑いを持ち始めていると逆鶴は感じている。逆鶴は褥に横になったがその体の中には信長が息づいている。

逆鶴は我を失いそうなほど信長を愛してしまった。信長を殺してしまえば自分一人のものになるのではと思う。

いつまでも眠れない。近くに信長がいると思うだけで胸が苦しくなった。

「姉さま……」

小猿が部屋に入ってきた。

「どうした？」

「姉さまは信長に抱かれたのか？」

「なぜ、そんなことを聞く……」

「そんな気がするから……」

「心配するな。そんなことは断じてない。関白さまの傍に戻れ……」

「うん……」

小猿は寝ぼけているようだがそうではない。逆鶴を見張っているのだ。

翌早朝から妙覚寺は騒がしかった。

逆鶴と小猿が屋敷の外に飛び出した。南蛮胴に大マントの信長を先頭に織田軍が妙覚寺から出てきた。乱丸も馬に乗っている。

「鶴之助殿、摂津に行ってまいる！」

「気を付けられて……」

乱丸が馬上から振り向いてニッと小さく笑った。

「姉さま、信長は摂津に何をしに行くのだ？」

「分からぬ。敵がいるとも思えぬが……」

逆鶴を抱いた時、信長は何も言わなかった。一万を超える大軍だ。信長は荒木村重が逃亡した摂津を見廻るために京を出た。

「鶴、参内する。支度せい！」

近衛前久が急に参内することになった。あまりにも急なことに近衛屋敷は大騒ぎだ。御所に急いだ前久は昼近くまで出て来ない。この時、朝廷は信長と本願寺の和睦を考えていた。

本願寺は毛利からの兵糧を絶たれて飢えている。

朝廷は石山本願寺が比叡山延暦寺のようになるのを恐れた。最早、兵糧がつきかけて本願寺に信長と戦う力は残っていない。信長に焼き払われた延暦寺は、そのままで復興が許されていないのだ。

朝廷は信長有利の条件で和睦を考えている。

正親町天皇は近衛前久に何んとしても和議をまとめて、本願寺の命脈を残すよう命じたのだ。親鸞《しんらん》の法派を絶やすことはできないと天皇が決断した。

勅命を伝える勅使が近衛前久、勧修寺晴豊《はるとよ》、庭田重通《しげみち》の三人だった。

御所を出た三人は信長の後を追って摂津に向かった。

和睦に成功しなければ、飢えた本願寺の籠城兵が暴発、織田軍にことごとく討ち取られるだろう。

本願寺は焼き払われ伊勢長島のように、根絶やし皆殺しにされ無惨なことになる。

正親町天皇はそれを心配した。

勅使一行は摂津で信長に会見を申し込んだ。

　信長は本願寺と和睦の勅使と聞いて考えた。既に、石山本願寺は落城寸前にあり兵糧が尽きて飢え始めている。

　厳重に包囲さえして、毛利からの米が入らない限り、本願寺は半年もせずに落ちると見ていた。

　信長と前久は何度も鷹狩りをするほど親しい。

　その信長が勅使と会うことになり本陣で会見が行われた。十年に及ぶ本願寺との包囲戦に決着をつけた信長には自信が漲っている。

　本願寺が落ちれば残るのは毛利だけだ。

　二十万の大軍を擁する信長に信玄のいない武田や、謙信のいない上杉はもはや敵ではないのである。

　ただ、小早川隆景のいる毛利軍だけは侮れない。

「お上は本願寺との和睦をお望みであります」

「余は伊勢や越前の一向一揆と同じように根絶やしにするつもりだ」

　信長と前久の意見が激突した。

「その儀ばかりは……」

　各地の一揆で信長を苦しめ民百姓を苦しめ、天下布武を遅らせた石山本願寺の顕如光佐は許しがたい。

どれだけ信長が無辜《むこ》の民を殺さなければならなかったか。

「宗門を根絶やしにされては、幾百万の民百姓がよりどころを失います。お上はそこを心配されておられる」

「顕如はその無辜の民百姓を一揆に誘った張本人、籠城する信徒を助けるため腹も斬れぬ腰抜け坊主だ」

信長が数多の信徒を一揆に誘って、死なせた罪は顕如光佐にあると罵った。

顕如の義兄である武田信玄の甲斐では一向一揆は起きなかったが、徳川家康も上杉謙信も一向一揆にひどく悩まされた。

「当然です。門主といえども罪は免れません。紀州に隠居してもらいます。新門主は教如《きょうにょ》でどうかと……」

この時、近衛前久は息子の教如の方が、父の顕如より信長には強硬な考えだとわかっていた。だが、教如を新門主にしないと一向宗が分裂すると考えられる。

「石山本願寺はあの場所からもちろん立ち退かせます」

顕如の隠居と石山本願寺が立ち退くことは信長に有利な条件だ。

何よりも本願寺をあの厄介な場所から立ち退かせることは重要である。

周囲を幾重にも川や海に囲まれた石山本願寺は、攻めるに堅く守るに易い厄介な場所だった。

織田軍は何度も攻撃したがその都度攻めきれなかった。

石山本願寺があの場所から立ち退けば、二度と立ち上がることはできないだろう。

顕如光佐を紀州へ追い払い、教団を石山本願寺から立ち退かせれば、なにも皆殺しにする必要はない。

信長は圧倒的有利な条件で勅命を受け入れることにする。

「いいだろう。顕如がその条件を呑むなら和睦しよう」

信長の決断に前久はホッとした。勅使として面目が保たれる。信長があくまでも本願寺を潰すと言い張った時は、悲惨なことになると心配していた。

それを回避できた。

本願寺に立て籠もっている飢えた一揆軍が助かる。

親鸞以来の教団が生き残った意味は実に大きい。それが前久の評価だった。

「宮内卿法印と佐久間信盛を同道させる」

「承知しました。では……」

近衛前久、勧修寺晴豊、庭田重通、松井宮内卿法印、佐久間信盛の五人が、信長の本陣を出て石山本願寺に向かった。

この和睦の勅命に教如は最後まで徹底抗戦を唱えて抵抗した。

だが、顕如光佐はこれ以上、信長と戦えば宗門が滅ぶと考え、強硬な教如を抑えて和睦を決断する。

親鸞以来の宗門が滅ぶことは門主として耐えがたいことだ。

宗門さえ残るならどんな条件でも呑む覚悟をした。

策を誤ったとは思わないが戦いに敗れた以上、引く時は潔く引かないと教団が潰されてしまう。

信長の怖さはそこにある。

閏三月五日、織田信長と顕如光佐が和睦した。

即日、顕如は紀州鷺森《さぎのもり》別院《べついん》に身を引いたが、強硬派の新門主教如が石山本願寺に残って籠城を続ける。

これに怒った顕如は教如を義絶したが籠城が続いた。

だが、悔し紛れにどんなに抵抗しても、最早、兵糧の尽きた本願寺が生き延びる道はない。

結局、本願寺は大分裂することになった。

この義絶によって長男教如と三男准如《じゅんにょ》に本願寺は割れて、やがて東西の本願寺が成立することになる。

八月になると近衛前久が教如を説得するため石山本願寺に入った。

強硬な教如も兵糧が尽きては如何んともしがたく、遂に前久の説得に応じて八月二日に石山本願寺の明け渡しに応じる。

ところがその夜、石山本願寺が突如として燃え上がった。

教如たちは寺をそのまま信長に引き渡したくなかったのだろう。焼き払われて難攻不落の石山本願寺がこの世から消えた。

この後も教如は諸国をめぐって信長の背後から脅かそうと画策する。

十一月になると最後まで抵抗していた加賀の一向一揆が、柴田勝家の大軍によって踏みつぶされた。

信長と一向一揆の長い戦いがようやく終わる。

信長が上洛する度に逆鶴は妙覚寺や本能寺に忍び込んで信長と会った。今や逆鶴の敵は見張っている小猿だ。

逆鶴は何度も近衛家を出ようと思ったがその口実がない。

突然、姿をくらませば軒猿たちに追われることになる。そんな勝手を見逃す段蔵ではない。

どこまでも追われて必ず殺される。

年が明けた天正九年正月二十三日、坂本城の明智光秀が信長に呼び出され安土城に入った。

信長の命令は二月に京で盛大な馬揃えを行う。その支度を急げというものだった。

信長は年の初め十四日の夜に、安土城下で大量の爆竹を鳴らして、華やかな火祭りの左義長《さぎちょう》を行った。

どんど焼きとかどんどん焼きなど地方によって呼び方が違う。

その左義長に前久が招かれた。逆鶴は信長と会える期待で前久の供をする。小猿が逆鶴を見張っていた。

夜の左義長は凄まじかった。

馬の尻尾に長い爆竹を引きずらせて火をつけたから馬が驚いて狂う。パンパンパチパチ信長の馬が城下を走り回る。

それと同じように爆竹を破裂させながら乱丸の馬が追う。

後から前久など招待された公家や、織田家の武将たちが煙の中をパンパンいわせながら追い駆けて行った。信長のやることは手におえないことが多い。城下が燃えているように煙に包まれた強烈な左義長になった。

火祭りに狂いに狂ったその夜、逆鶴は乱丸に信長のいる大天主へ連れて行かれた。信長はいつも大天主の上で寝ている。安土城は春日山城とはまるで違う豪華絢爛な美しい城だった。

逆鶴は大天主の上で信長に抱かれた。

左義長の起源は古いものではなく、鎌倉の頃、小正月に宮中の清涼殿の東庭で青竹を束ねて立て、そこに扇子や短冊を吊るし、陰陽師が謡いながら焼いて、その年の吉凶を占ったのが始まりだ。

この宮廷行事は朝廷の困窮で絶えている。

安土城下の華やかな左義長に参加した近衛前久が、天皇にその様子を奏上すると興味を持たれた。

天皇の希望で前久は信長に京でもぜひ左義長を行って欲しいと願う。

それを信長は引き受けたが、左義長ではなく馬揃えと言い出した。

何んともややっこしいのが信長だ。馬揃えの意図は征夷大将軍を用意しない正親町天皇に対する圧力だ。

何度、征夷大将軍を奏請しても一向に埒があかない。

老獪な正親町天皇は譲位を望んでいたが、誠仁親王に譲位すれば朝廷が信長に壟断《ろうだん》されると考える。

再三にわたる信長の譲位要求にも天皇は応じなかった。

朝廷は東海に属する甲斐武田をいまだ討伐できない信長には、征夷大将軍は相応しくないと言い張っている。

天皇と信長の間には深い不信の亀裂が入り、信長と朝廷は危険な関係になっていた。

そこに左義長の話が持ち上がり、信長は火祭りの左義長ではなく、軍事力を見せつける馬揃えに切り替えたのだ。

その支度を明智光秀に命じた。

光秀は急ぎ京に飛び、所司代の村井貞勝と相談する。

元幕臣の明智光秀は京に詳しく、村井貞勝とは京の仕事を一緒にすることが多く、気心が知れていた。

馬揃えは二月二十八日と決まる。

信長が小姓、近習、精鋭の馬廻りを引き連れて上洛してきた。先に上洛した信長の嫡男中将信忠や次男信雄は妙覚寺に入っていた。

すると信長はいつものように本能寺に入る。

その夜、あの大天主の夜の続きで信長に会うため、前久と小猿が寝静まるのを待って逆鶴は本能寺に走った。

近衛屋敷を出ると逆鶴は室町小路を南に急ぐ。

二条の近衛屋敷から四条坊門小路の、本能寺までは七、八町しか離れていない。京は碁盤の目に道が切ってありわかりやすい。

その日は寒い夜でチラチラと雪が落ちていた。積もるほどの雪ではない。

警戒している逆鶴は人影を見て塀に体を張りつけた。逆鶴に気付いていないのか人影が近づいてきた。

「姉さま、どこへ行く……」

人影が足を止めた。そう聞いたのは黒装束の小猿だ。

「本能寺に行く……」

逆鶴が塀から離れて小猿の前に立った。

「信長に抱かれるのだな？」

もう、逆鶴は否定しない。それは認めたということだ。

「やはり、そういうことか。裏切りだ。姉さま、違うと言ってくれ……」

小猿が太刀の柄を握った。

「答えねば斬る！」

「於豊、越後も雪だ。そなたに斬られれば、対馬谷に帰れる。斬れ！」

「姉さま……」

「斬らねばお前を斬る」

「なぜ、信長を殺さぬ！」

逆鶴が一歩、二歩前に出た。小猿が一歩下がる。この時、逆鶴は本当に小猿に斬られたいと思った。斬られればすべてが終わる。

もう苦しむことはない。あの世で心から愛するあの仏の胸に抱かれたい。

「女だからだ……」

「女？」

逆鶴が抜き打ちに小猿に斬りつけた。

小猿はクルッと後ろに回転して逆鶴の切っ先から逃げた。

身のこなしは逆鶴より上だ。二の太刀が横一文字に小猿の胴を払った。そこからも小猿は逃げた。

「姉さま、逃げろ。頭には言わぬ！」

「黙れッ！」

三の太刀が小猿を襲った。逆袈裟に斬り上げると、小猿は身を沈めて太刀を抜いた。

「姉さま、斬る！」

小猿が塀に沿って南に走った。

それを追い二人は南蛮寺の角に飛び出した。室町小路と四条坊門小路の辻は、少し広いがそこに人影はない。

「シャーッ！」

小猿が飛び上がった。

その瞬間、小猿が逆鶴に手裏剣を放った。手裏剣は二本で一本が逆鶴の肩に深く刺さった。

痛みに耐えて逆鶴が小猿の脛を払った。

「アッ！」

小猿が転倒する。その上に逆鶴がのしかかっていった。勝負がついた。

「姉さま、殺せ！」

「於豊……」

逆鶴が道に転がった。

粉のような雪が降っている。越後とは違う美しくもやさしい雪だ。逆鶴は越後に帰りたいと思った。

「於豊、一緒に越後へ帰ろう……」

「姉さま……」

「お頭に殺されるなら本望だ……」

その時、小猿が握っていた太刀で自分の胸を突き刺した。

「於豊ッ！」

「姉さま、行け、好きだから……」

小猿がニッと笑って息絶えた。

「どこへ行けと言うのだ。於豊！」

小猿を抱いたまま逆鶴は天を仰いだ。頬を伝って涙がこぼれる。肩に小猿の手裏剣が刺さって逆鶴も血まみれだ。

逆鶴は太刀を鞘に戻し、小猿の太刀も心の臓から抜いて、袖で血を拭って鞘に納めると、それを杖に小猿を背負って立ち上がった。

近衛屋敷に戻るしかない。

逆鶴はヨロヨロと半刻ほど歩いて室町小路を近衛屋敷に戻った。

小猿を裸にして血まみれの体を拭いていると、気配に気づいた寝衣の前久が部屋に入ってきた。

小猿の亡骸を見ても何も言わない。

逆鶴も傷ついているのを見て「大丈夫か……」と聞いた。前久は二人が戦ったのだとわかった。

「はい、明日、於豊を葬ります」

「うむ……」

前久が小猿の傍に座ると裸の小さな亡骸を抱きしめた。

「まだ、温かいな？」

「はい……」

逆鶴が両手で顔を覆って泣いた。

「於豊は、この世にいてはいけない子だ。あまりにも優し過ぎる」

近衛前久の眼からも涙がこぼれた。

小猿はいつもニコニコと優しい子だった。忍びとしてはあまりにも純粋過ぎた。自分が死んで逆鶴を助けようとしたのだ。

そう思うと逆鶴も涙が止まらなかった。

黒坊主

翌日、前久は本能寺に向かった。

逆鶴は小猿を背負い近衛家の小者二人と東山の鳥辺野《とりべの》に運んだ。

京には北の蓮台野《れんだいの》、東の鳥辺野、西の化野《あだしの》と大きな墓所地が三つある。火葬は珍しく亡骸は埋められたり風葬にされる。

小猿は東山の鳥辺野に葬られた。

鳥辺野から戻ると逆鶴は近衛屋敷の大玄関で倒れた。

高熱を発して意識を失った。金瘡は油断ができない。小猿の手裏剣は肩に深く刺さったのだ。

金瘡は治療を誤ると死ぬ。刃物の傷は小さいが奥に深く入っていることが多い。

信長に挨拶して本能寺から戻った前久が、大急ぎで小者に曲直瀬《まなせ》玄朔《げんさく》を呼んでくるよう命じた。

玄朔は天皇の脈も拝見する曲直瀬道三《どうさん》の養子である。道三と同じように名医との評判が高く前久が気に入っている医師だ。

夕刻になって逆鶴の熱が徐々に下がった。

「鶴、気分はどうだ。金瘡は油断をすると命を取られるぞ」

「はい……」

「夕餉にするか？」

前久は逆鶴に優しい。小猿の死の理由も聞かない。

だが、前久は小猿の胸の傷を見て、自害したのではないかと疑っている。足の傷は致命傷ではない。

手の傷を見て小猿が自害のため白刃を握ったのだと見た。

「本能寺で森殿から鶴之助殿はと聞かれたから、怪我をしたとだけ答えておいた」

「申し訳ございません」

「馬揃えは二十八日だ。熱が引いたら森殿に顔を見せてやれ……」

「はい……」

前久は信長と逆鶴の関係を知らない。

乱丸と逆鶴が好き合っているのではと思っている。

二月二十三日、本能寺に南蛮の珍客が訪ねてきた。それはイエズス会の巡察師アレッサンドロ・ヴァリニャーノだ。

インドのゴアから来た宣教師で大男の黒坊主を連れて本能寺に現れた。

ヴァリニャーノが九州に上陸したのは二年前、天正七年七月二十五日だった。その巡察師は宣教をしながら二年をかけて上洛してきた。信長に会見を求めたのは二つの理由からだ。

一つは信長にキリスト教の布教を正式に認めさせることだ。

信長がキリスト教に反対していないことは、ルイス・フロイスの報告書からわかっていた。

もう一つは少年使節をローマ教皇庁に派遣することだった。

その使節派遣にはグーテンベルクの活版印刷を習得することも含まれていた。つまり、キリシタンのための聖書の印刷である。

この頃、欧州ではルネッサンスの真っ最中で、復興文化の巨大な花が咲いていた。ルネッサンスとはギリシャやローマの古代文化を再生、復興しようという広い分野での運動、文化の流れである。

その一端を日本に引き入れようとヴァリニャーノは考えた。

日本は乱世の真っただ中で西欧のルネッサンスどころではなかった。だが、こういう文化の流れには少なからず影響される。

ヴァリニャーノは言語の天才で母国イタリア語、スペイン語、ラテン語、中国語、アフリカの言葉やインドの言葉まで自在に操った。

もちろん、日本語も二年で流暢に話す。

「アレッサンドロ、そこの黒坊主を余に譲れ！」

信長はヴァリニャーノの話より、傍にいてジッと信長を見つめている赤い眼の黒坊主に興味を持った。

「上さま、この者は神の子にてわたくしの家臣ではありません」

「うぬの家来ではないのか？」

「はい、家臣ではございません」

「言葉は分かるのか？」

「分かります。お言葉を……」

「うむ、黒坊主、家と領地をやる。余の家来になれ！」

黒坊主は信長の言葉を理解した。

ニッと笑って頷いたのだ。何んとも優しい男だが、信長は笑った黒坊主に身を引いて、ヴァリニャーノを見る。信長には恐ろしげな笑顔だ。

「上さま、家臣になると申しておりますが？」

「そ、そうか。乱、黒坊主を湯殿に連れて行って、黒いのを洗い落とせ！」

「はッ！」

乱丸が引き受けたが何んとも恐ろしい。こんなのが家来になるのかと思う。

黒坊主で六尺二寸の大男は立つと長押《なげし》にぶつかる。

「早くせい！」

信長が怒ったと思ったのか、黒坊主がいきなり立ち上がった。

ぬっと立った巨大な男が妙な着物を着ている。

信長が身を引いてひっくり返りそうになった。乱丸、坊丸、力丸ら小姓衆が黒坊主にぶら下がるように湯殿に連れて行った。

だが、黒人を洗って白くなるはずがないのだ。

その体に水をかけるといっそう黒く逆に黒光りする。乱丸たちは何をどうすればいいのか困り果てた。

「アレッサンドロ、布教は許す。安土城に朱印状を取りにまいれ。少年使節だが九州のキリシタンの子たちと言ったな？」

「御意、九州のセミナリヨで学ぶ少年の中から四、五人を派遣いたします」

「何年で帰る？」

「行きに三年、帰りに三年、色々なことを学ぶのに三、四年と考えております」

「行き帰りに六年とは遠いな？」

「はい、南蛮というところは天竺の三、四倍の彼方にございます。七、八年は充分にかかるかと考えます」

「天竺の三倍か？」

「その途中にあの黒人の生まれた国がございます。その国の者は全てあのように黒い人間にございます」

「全て、黒い人間だと？」

「はい、とても暑い国にて、男も女もみなあのように黒いのでございます」

「その場所の名は？」

「アフリカと申します」

「アフリカ？」

「はい、あの黒人はアフリカの東で生まれたそうでございます」

後のモザンビークの辺りだ。

信長は信じられない顔でヴァリニャーノを睨んだ。そこに乱丸が泣きそうな顔で戻ってくる。

「どうした！」

「上さま、あの黒坊主はいくら洗っても白くなりません。強く洗うと痛いと泣き出して、暴れる始末にございます」

「よし、余の着物を着せて連れてまいれ！」

信長はヴァリニャーノが話す黒い人間の国を理解した。

人は日に焼けると肌が黒くなるように、黒坊主の肌は常に黒いのだと理解した。そういう国や人がいても不思議ではない。

信長の着物は黒坊主の膝までしかなかった。

それでも、着物の派手な色が気に入ったようでニコニコしている。黒坊主は根っから優しい男だった。

「武士が黒坊主では不都合だ。名をつけてやろう。今日から弥助《やすけ》と名乗れ！」

「ヤスケ？」

「そうだ。余の家来、弥助だ。槍持ち、道具持ちを命ずる！」

「はい！」

大男が身を小さくして信長に平伏する。翌日から、黒坊主の弥助を一目見ようと本能寺に野次馬が押し掛けた。

弥助はヴァリニャーノにヤスフェと呼ばれていた。

ヤスフェというのは弥助が生まれた国ではありふれているのだという。それを信長は弥助と呼んだ。

「黒坊主、出て来い！」

「ヤスケ、出てきやがれ！」

口の悪い野次馬が騒いで本能寺は大混乱だ。そんな日が続いた。

物見高いのが京の特徴で野次馬だけでなく、信長に挨拶しようと堺や京の商人など、五畿内の大名までが弥助を見ようと、信長に挨拶に出てくる大騒ぎになった。

黒い仁王さまなのだからびっくりする。

そんなところへ加賀の一向一揆を鎮圧した柴田勝家が、不破光治、前田利家、金森長近らを率いて上洛してきた。

「おう、権六、よく来た。大儀！」

信長と面会するのは順番で、人々が並んでいるのを無視して、勝家が信長の前に案内された。

「晴れの馬揃えにお呼びをいただき、誠に有り難く感謝申し上げまする」

「うむ、乱、権六に盃をやれ！」

信長は上機嫌だ。だが、勝家と喧嘩をした秀吉は馬揃えには呼ばれていない。

「上さま、庭に、恐ろしげな黒い大男が立っておりましたが、あれは上さまの大槍を持つ噂の黒坊主かと拝察いたしましたが？」

「見たか。黒坊主の弥助だ。召し抱えたばかりだ。権六でも恐ろしいか？」

「はい、あの大男なら十人力、いや二十人力かと……」

「弥助が大槍を振り回せば誰も近寄れまい」

信長が勝家に弥助を自慢した。

まるで子どもが新しい玩具を手にした時のようだ。

その夜、逆鶴が本能寺に現れた。山門に乱丸を呼び出した。十七歳になった乱丸はいっそう美貌の若武者になっている。

「鶴之助殿、傷は大丈夫か、近衛さまからお聞きしたが？」

「はい、ご心配をおかけした。申し訳ござらぬ……」

「さあ、上さまがお待ちだ」

「明日は馬揃え……」

「さよう、近衛さまも出陣なさるが、聞いておられるか？」

「はい、聞いております」

「中へ……」

乱丸が誘ったが逆鶴は山門から動かない。

「どうなされた。傷が痛むか？」

「少々……」

「上さまのお顔だけでも見て行かれよ。上洛の前から会うのを楽しみにしておられましたから……」

逆鶴は迷っていた。信長と会えば抱いて欲しくなる。

それでは死んだ小猿に悪いと思う。

逆鶴は小猿の最期の言葉を考えてきた。「行け……」とはどこへ行けと小猿が言ったのかである。

越後か、それとも、信長の傍か。

逆鶴は信長に抱かれることを小猿が許したと思いたい。女なのだから小猿も男に抱かれる喜びを知っていたはずだと思いたい。

乱丸に誘われ逆鶴は境内に入った。

信長の寝所の前に連れて行くと、乱丸が黙って襖を開いて、逆鶴を中に押し入れて静かに襖を閉めた。

「鶴か？」

「はい……」

信長は褥に横になっていた。襖が開いたので目を開けた。

「怪我をしたそうだな。大丈夫か？」

「はい……」

「ここへまいれ！」

逆鶴が裸になって信長の褥に入った。まだ肩の傷が痛い。

小猿が怒っているような気がする。逆鶴は痛みを我慢した。逆鶴が信長に覆いかぶさって行った。

「今なら、その脇差で余を刺せるぞ」

「はい……」

「刺したいか？」

「はい……」

「刺せ！」

逆鶴が小さく頷いて信長の口を吸った。信長が強く抱きしめる。傷がズキッと痛んだ。

「ウッ……」

「どうした。痛むのか？」

「大丈夫にございます……」

「血が滲んでいるぞ」

肩と胸を縛った包帯にわずかに血が滲んでいる。

やはり大丈夫ではなかった。深夜に近衛屋敷に戻った逆鶴は再び高熱を発した。朝には、曲直瀬玄朔が呼ばれた。

前久は馬に乗って本能寺に向かう。

その前久は公家衆の筆頭として馬揃えに出ることになっている。馬揃えは内裏の東庭を馬場にして行われることになっていた。

織田軍が隊列を組んで本能寺から内裏の東庭まで行軍する趣向だ。

光秀によって天皇の出御される桟敷御殿や、女官や局、殿上人や百官が見物する桟敷まで設えられた。

いよいよ本能寺に集結した馬揃え軍団が出陣する。

先陣の一番は丹羽長秀の率いる摂津衆と若狭衆が本能寺を出て内裏の東庭に向かった。京の大路小路には野次馬が鈴なりだ。

こんなに人がいたのかと思うほどで、洛中洛外だけでなく堺や奈良などからも人々が集まっている。

滅多に京の馬揃えなど見られるものではない。

野次馬が沿道に押すな押すなで、御所の庭まで埋まっている始末だった。

二番には蜂屋《はちや》頼隆《よりたか》率いる河内衆、和泉衆が出陣した。この日のために馬や武具を新調した者が多い。

三番には明智光秀率いる大和衆、山城衆だった。光秀は自分を一番に書いて信長に行軍計画を出した。それを信長は丹羽長秀を一番にして光秀を三番に下げた。

四番は村井貞成《さだなり》率いる根来衆、山城衆である。

村井貞成は所司代村井貞勝の長男で、武具を新調したり着物を仕立てたり馬揃えのため大騒ぎだった。

五番は織田家の連枝で騎馬隊が壮観だ。

先頭には信長の嫡男織田中将信忠が騎馬八十騎で美濃衆、尾張衆を率いている。次男の織田信雄が騎馬三十騎で伊勢衆を率いていた。

信長の弟織田信包十騎、三男織田信孝十騎、信長の弟信勝《のぶかつ》の息子織田信澄、信長の弟織田長益《ながます》、信長の弟織田長利《ながとし》、信長の姉の息子織田信弌《のぶかず》、信長の弟織田信照《のぶてる》、信長の祖母藤左衛門《とうざえもん》家の嫡男織田信氏《のぶうじ》など。

六番には公家衆の近衛前久、正親町季秀《すえひで》、烏丸光宣《からすまるみつのぶ》、日野輝資、高倉永孝、信長の妹お犬《いぬ》の夫で細川家当主の右京大夫昭元《あきもと》、細川藤賢《ふじかた》、伊勢貞為《さだため》、一色義定《いっしきよしさだ》、山名氏《やまなうじ》政《まさ》、小笠原長時《おがさわらながとき》など。

七番には乱丸ら小姓衆、馬廻りなど各十五騎。

八番には越前衆で柴田勝家、柴田勝豊《かつとよ》、柴田勝政《かつまさ》、不破光治、前田利家、金森長近、原長頼など。

九番には平井《ひらい》久右衛門《きゅうえもん》、中野《なかの》又兵衛《またべえ》が率いる弓衆が百人。

十番には厩奉行青地《あおち》与右衛門《よえもん》と厩衆、中間衆と信長の替え馬、鬼葦毛《おにあしげ》、小鹿毛《こかげ》、大《おお》葦毛《あしげ》、遠江《とおとうみ》鹿毛《かげ》、小雲雀《こひばり》、河原毛《かわらげ》など六頭。

次に坊主衆、武井夕庵、松井友閑、楠木《くすのき》正虎《まさとら》など。

その後ろには曲彔《きょくろく》持ち、左右の御先小姓、行縢《むかばき》持ち、杖持ち、長刀持ち、太刀持ち、小人など。

最後に小人を従えた織田信長が登場。

名馬、大黒に乗った信長はそり落とした眉に描き眉をし金紗の礼服と唐冠。

腰には天皇から下賜された大輪の牡丹の造花に白熊の毛を巻き、猩々《しょうじょう》緋《ひ》の沓を履いていた。

襟首に梅花の小枝を差している。

絢爛豪華な行列が終わると一騎駆けが行われた。

敵陣に突撃する一騎駆けは公家が見られるものではない。戦場でしか見られない荒々しい武将の戦闘だ。

見物の野次馬が詰めかけてやんややんやの大騒ぎだ。

武将が命をかける一騎駆けは勇ましく荘厳ですらある。禁裏の東庭に戦場のような緊張が漂う。

信長が曲彔に座って休息していると、正親町天皇が十二人の勅使を遣わした。

「天子はことのほかご歓喜であらせられる」

天皇の言葉が信長に伝達された。

老獪な正親町天皇は信長の真意を読み切った上で、信長に対して大いなる喜びを伝え本心を天皇は隠された。

馬揃えが終わると信長は満足して本能寺に引き揚げる。

この日、逆鶴は発熱のため近衛屋敷で寝ていた。曲直瀬玄朔は無理をした逆鶴を厳しく叱って帰って行った。信長との一夜で高熱を発したのだ。

屋敷に戻った前久は装束のまま逆鶴を見舞う。

逆鶴の気が晴れないと思ったのか、前久は馬揃えに出てきた老人の武井夕庵が、山姥に化けた滑稽な話をして逆鶴を笑わせた。

近衛前久は逆鶴が信長と関係しているのではと疑い出している。

逆鶴と小猿の間に起きたであろう事件は、それぐらいしか考えられないのだが、前久は問い詰めることを一切しなかった。

小猿が死んだことで逆鶴もいずれ自害するのではと思っている。

大天主

禁裏から再度の馬揃えの要請があって、三月五日に行うことが決まった。

この馬揃えは二十八日とは全く違った。

二十八日の馬揃えに出た馬の中から五百騎を選び、信長は大黒に跨り黒い南蛮胴に黒い南蛮の帽子、黒い大マントに黒い靴という黒ずくめの出で立ちで、五百騎の軍団は黒備えの馬揃えになった。

それでも、天皇は女御、更衣と姿を現し、大宮人や百官が見物した。

再び、天皇は大いに喜ばれたが、越後の上杉景勝が動き出したとの知らせが信長に届き、翌六日から信長はその指図に忙殺された。

急遽、信長は三月十日には安土城に戻ることになった。

謙信亡き後の越中、能登、加賀方面が不穏な動きになってきたからだ。

十日の早朝、前久と逆鶴、近衛家の近習三人が馬に乗って、信長を見送るため本能寺に向かう。

熱も下がり傷口もふさがって逆鶴はだいぶ元気になっている。

ちょうど、信長が南蛮胴をつけ、大マントを着て名馬大黒に騎乗して、本能寺の山門から出てくるところだった。

近衛前久と逆鶴を見て信長が馬を止めた。

「見送り、大儀！」

「無事のご帰還を……」

前久が信長に頭を下げた。信長は最早、この国でただ一人の天下人なのだ。

その信長が逆鶴を見て、眼が合うと逆鶴が小さく頷いた。それを、前久は見逃さなかった。

乱丸が信長の後ろにいる。

「鶴之助殿、お大事に……」

「かたじけなく存じまする」

二人が挨拶を交わすと信長が馬腹を蹴った。

その信長の馬に前久が轡を並べた。信長を山科の辺りまで見送るのがこの頃の公家たちだ。

その後ろに乱丸と逆鶴が轡を並べると公家たちも並んだ。

「まだ痛みますか？」

「いいえ、もう痛みません」

「それは結構にございます」

乱丸は信長が聞きたいことを聞いている。

「一度、安土城を見にまいられよ。冬は冬、夏は夏でそれぞれ美しいですから……」

乱丸が白々しく言う。左義長の夜に逆鶴は秘かに大天主で信長と会っている。そんなことは知らぬ顔の乱丸だ。

「はい、ぜひ拝見したいものです」

信長と前久が二人の話を聞いていた。

その信長は前久に逆鶴を欲しいと言わない。前久は信長がそう言えば何も言わずに譲るつもりだ。

山科まで行くと夜半から京を出た公家たちが道端に集まっている。

信長を見送るために出てきた公家たちだ。公家は国の中心となる権力がどこにあるかを敏感に嗅ぎわける。

すでに将軍は備後に逃亡してしまい武田信玄と上杉謙信が死んだ。

本願寺の顕如光佐も降伏して、残るのは将軍を備後に匿った毛利ぐらいだ。信長が唯一の実力者だと誰が見てもわかる。

西国の毛利輝元は評価が低い。

それは輝元が信貴山城の松永久秀も、有岡城の荒木村重も三木城の別所長治も見捨てたからだ。

むしろ、毛利を支えているのは叔父の小早川隆景だと言われている。

その毛利には信長の第二方面軍団の羽柴秀吉が向かって、播磨、但馬、備前、美作、因幡、伯耆《ほうき》、備中まで攻め込んでいる。

「見送り、大儀である！」

信長は公家衆に挨拶して安土城に向かう。

信長を愛してしまっている逆鶴は後を追いたいがそうもいかない。そんな気持ちを前久が見抜いている。

「鶴、乱丸殿と安土に行きたいのではないか？」

前久が真顔で聞いた。顔を赤くして逆鶴がうつむいてしまう。

「そのうち、一緒に安土へ行こう……」

そう言うと前久が馬首を返して京に戻り始めた。

数日後の夜、近衛屋敷に加藤段蔵が現れた。息子の小太郎と小次郎の兄弟と小猿の兄孫左《まござ》を連れてきた。

「段蔵、一別以来だな？」

「はッ、もう何年前になりましょうか。関白さまにはご壮健にてお喜びを申し上げまする」

「うむ、喜平次《きへいじ》殿は達者か？」

前久が謙信と意気投合して越後に下向した時、謙信の姉の子喜平次こと上杉景勝はまだ五歳だった。

「謙信さま死後の混乱を鎮められ、越後は平穏にございます。そのことをお知らせに京へ出てまいりました」

「それはめでたいことだ。段蔵、於豊のことは残念であった。鶴に責任はないぞ。責任を問うなら於豊を傍に置いた余の手落ちじゃ……」

「そのことは……」

「段蔵、余は鶴の仕事を知らぬ。だが今、鶴を手放すことは考えておらん……」

前久は段蔵に釘を刺した。逆鶴を殺すなという前久の命令だ。その夜、段蔵が前久の寝所に秘かに呼ばれた。

「段蔵、鶴の使命は信長暗殺だな？」

「そのように考えておりますが、謙信さまが鶴に命じた密命にて、それがしもどのような密命か、詳細は存じ上げません」

段蔵が逆鶴の秘密を隠した。

「うむ、余はその密命を鶴に果たさせたいと考えておる。信長は朝廷にとって危険な存在になりつつあるのだ」

「はい……」

「朝廷は左大臣を考えたが信長は拒否した。天子の譲位も金神《こんじん》を持ち出して吹き飛ばしてしまった。あの男は何を考えているのか分からぬ。ここだけの話だが、信長は征夷大将軍による幕府ではなく南蛮の国王を考えているようなのだ」

「南蛮の国王？」

さすがの段蔵も仰天した。それは天子さまをないがしろにすることではないかと思う。

「確証はないが、朝廷の官位では引き止められないようだ……」

「では、天子さまが？」

「いや、天子さまは何も仰せではない。余が感じていることだ」

「それで、鶴を？」

「鶴は既に信長の懐に飛び込んでおる」

「何んと……」

「鶴は信長を好いておるのかもしれぬ。だが、鶴の真意はわからない」

前久の言葉に段蔵が手で額を押さえ考え込んだ。段蔵が全く予期していないことだ。

だが、考えてみればあり得ることだ。信長を殺そうと近寄り、信長の烈しい気性に引かれるということは考えられる。

「軒猿でも鶴は女だ。信長に抱かれたのであろう。ここは何も言わず、余に鶴のことは預けてくれぬか？」

「関白さまは信長を殺すつもりでございますか？」

「そうなるかもしれぬ。段蔵、余は藤氏長者であるぞ……」

「承知いたしました」

前久が藤氏長者と言ったことは重要だ。

その意味は深い。近衛前久が命を捨てて、いざという時は天子をお守りするということなのだ。

藤氏長者も公家たちもそのために存在している。そう前久が段蔵に伝えたのだ。逆鶴のことを任せて、軒猿は手を出すなということである。それは信長を殺す手伝いを逆鶴にさせるということだ。

段蔵がそれを了承した。

翌朝、逆鶴が前久の朝餉の部屋に呼ばれた。

「鶴、出てまいれ……」

前久に呼ばれ逆鶴が引き戸を開けて部屋に入った。そこに段蔵が座っていた。

「お頭……」

「鶴……」

「お許しを……」

逆鶴が段蔵の前に平伏した。

「鶴、段蔵を鳥辺野へ案内せい。於豊の墓参りだ」

「はい……」

平伏したまま逆鶴が答えた。

逆鶴は段蔵に斬られても仕方ない。その覚悟はしている。

「鶴、段蔵はそなたの命は取らぬ。安心して鳥辺野に案内せい。余は参内する」

「はい……」

逆鶴は前久が参内する衣装の支度を手伝い、前久を送り出してから段蔵たち四人と東山の鳥辺野に向かった。

逆鶴は時々小猿の墓に来ていた。

つい二日前にも墓参りに来て春の土筆《つくし》を摘んで供えた。

「小猿はここにございます」

逆鶴が鴨川から拾ってきた丸い石の墓標を指さした。その墓石の前に土筆が十本ほど並んでいる。

「於豊……」

孫左が小さく呟いて太刀の柄を握った。

「孫左ッ！」

小太郎が孫左の前に立って柄を握った腕を押さえた。小猿の兄孫左が逆鶴を斬ろうとした。それを慌てて小太郎が止める。

「孫左、鶴を斬るか？」

段蔵が孫左を睨んだ。その眼は斬るなと言っている。

「お頭ッ……」

「鶴が謙信さまから頂いた密命はまだ生きておる。それを果たせば鶴は越後に戻る。それまで、鶴を討つことは許さぬぞ。いいな？」

軒猿にとって段蔵の命令は絶対だ。段蔵の命令に逆らう軒猿は一人もいない。もし逆鶴が逃げれば、どこまでも軒猿に追われる。逆鶴に生きる道は既にないのだ。小猿が死んだ時、逆鶴はそう覚悟した。

「孫左殿ッ……」

逆鶴は孫左の前に両手をついて這いつくばった。

「必ず、必ず、越後に戻ります。その時まで……」

その日がいつになるのか。一年後か三年後か五年後か、それとも十年後、二十年後なのか誰にも分からない。

もちろん逆鶴にも分かっていない。

段蔵は前久の話を重視した。信長が天子に仇なすなら、藤氏長者として殺すということだと段蔵は理解した。

近衛前久にその覚悟がある以上、ここで孫左に逆鶴を殺させるわけにはいかない。越後からほとんど出ない段蔵は、配下の報告は聞いているが、朝廷や信長に何が起きているかは詳しくない。

「鶴、仕事が終わったら越後に戻って、孫左に許しを請え……」

小太郎が命ずるように言った。高齢の段蔵の後を継ぐのが小太郎だ。小次郎は黙っている。

段蔵に小猿のことを問い詰められ、隠しきれずに小次郎は白状したのだ。

「ここから越後に戻るが、小次郎は京に残れ……」

そう言い残すと段蔵と小太郎、孫左の三人が鳥辺野から姿を消した。

逆鶴と小次郎は鳥辺野から近衛屋敷に戻ったが、小次郎は屋敷には入らずフッと姿が見えなくなった。

逆鶴は頭の段蔵か孫左に鳥辺野で殺されると覚悟していたのだ。

小猿と同じ鳥辺野の土に眠るならそれでもいい。逆鶴は小猿の墓石の前で自害しようと何度も考えた。

だが、信長を愛してしまった逆鶴にはそれができなかった。

春が過ぎ夏になると、信長の使者が近衛屋敷に現れ、八月一日に安土城下で馬揃えを行うので参加してほしいという信長の書状を置いていった。その翌日、逆鶴が前久の居室に呼ばれた。

「鶴、この書状を安土城に届けてもらいたい」

「信長さまに？」

「そうだ。八月一日の八朔の祭りの馬揃えに伺うとの返事だ」

「承知いたしました」

前久が信長との関係を知っていると逆鶴は感じている。

翌朝、公家侍の逆鶴が近衛屋敷を出た。その後を素早く小次郎が追った。

あの日以来、逆鶴は近衛屋敷を出るといつも小次郎に見張られている。それは段蔵の命令だろうと思う。

逆鶴が瀬田の唐橋にさしかかると小次郎が追いついた。

「安土だな？」

「近衛さまの書状をお届けする」

「信長と会うのか？」

「分からん……」

「安土城に入るなら信長を殺せ！」

逆鶴が橋の上で足を止めた。

「そんなことは簡単にはできぬ……」

「鶴、その気がないからだ。必ず、やれ！」

「できぬ。しくじれば近衛さまにご迷惑をおかけすることになる」

「おのれ！」

小次郎が太刀の柄を握った。二人が睨み合うと通行人が立ち止まる。

「お若いお武家さまが何ごと？」

立ち止まった男が小次郎に声をかけた。それを小次郎が睨んだ。

「お武家さま、ここは天下の瀬田の唐橋ですよ。こんなところでの斬り合いはおよしなせいやし……」

「くそ！」

逆鶴が小次郎に声をかけた通行人に頭を下げて歩き出した。

その後を小次郎が追う。二人は口を利かず黙々と安土城下に向かって歩いた。湖東や湖西の道は越後に向かう道でもある。

するといつの間にか逆鶴の傍から小次郎が消えた。

逆鶴は安土城の百々橋《どどばし》口に立った。それを見ていた門番の方から声をかけてきた。

「城見物かい？」

「乱丸さまにお取り次ぎ願います」

「乱丸さまだと？」

門番が乱丸の名を聞いて少し怪しんだ。二十五歳の逆鶴は門番が怪しむほど充分に美しい。

「京の近衛家から書状をお届けに上がりました宇佐美と申します」

「近衛さまだと。先の関白さまか？」

「はい、近衛前久さまのお使いにございます」

「し、暫し待て……」

門番が大慌てで山頂の御殿に走って行った。

信長に面会するには乱丸に取り次ぎを願い出て、何日の何刻ごろにと数日待たされることが多い。

信長は猛烈に忙しく訪問する人々に次々と会うことはできない。

その日のうちに会えるなどというのはまれだ。乱丸が信長に取り次いで誰に会うか順番が決まる。

乱丸は近衛家の宇佐美と聞いて鶴之助だとすぐ分かった。

信長が逆鶴を越後の軒猿と見抜いたように、乱丸も鶴之助の正体が女だとわかっている。

四半刻ほど待たされて乱丸が百々橋口に現れた。

「どうぞ。上さまは天主にてお待ちにございます」

特別扱いで逆鶴は乱丸に案内され百々橋口から入ると摠見《そうけん》寺《じ》に上って行った。

「鶴之助殿、書状をお預かりいたしましょう」

「はい……」

「このところ信長さまの身辺の警戒が厳しくなりました」

「なにか？」

「格別に何かあったわけではありませんが、少々……」

乱丸が言葉を濁した。

二人が話しながら大天主に入り三階まで行くと、上に行く階段の上り口で二人の女が待っていた。

「それがしはここまでにございます」

乱丸が女に書状を渡し三階から階段を下りて行った。逆鶴は乱丸がいなくなると急に心細くなった。信長の居室は三階にあるが眺めの良い最上階にいることが多いのだ。

「お体を改めさせていただきます。衣服を脱いでくださるよう……」

老女に逆鶴が睨まれた。二人の女は侍女ではない。

「失礼をいたしました。どうぞ、一番上までお上がりください」

逆鶴は裸のまま衣服を丸めて抱えると急いで階段を上り、四階で立ち止まり五階を見上げた。安土城の大天主は地下一階地上六階の巨大な造りになっている。

この上にあの信長がいると思うと体が震えた。

五郎山

逆鶴は大天主の五階に上って行った。そこに信長はいなかった。最上階の六階に上って行くと信長が琵琶湖を眺めている。

「鶴か？」

「はい……」

階段を上って上り口で逆鶴が平伏した。

「間もなく日が沈む。湖が最も美しい時だ！」

「はい……」

信長が逆鶴を振り向いた。

「ここへまいれ！」

信長に呼ばれ傍に行ったが、眼が眩んで眼下の湖を見ていることができない。

逆鶴が怯えると信長がニッと笑った。信長の妻帰蝶も高いところが苦手で大天主に上ってこない。逆鶴も高所が苦手なのだ。

「鶴、外を見るのが怖いか！」

「はい……」

信長が怯えている逆鶴の肩を抱くとその場に押し倒した。

鏡のように夕日を反射する漆の床はひんやりと冷たかった。あの夜とはまるで違うと逆鶴は思った。

大天主で何が起きているのかは乱丸と二人の女しか知らない。

日が落ちて大天主の六階が薄暗くなった。眼をつぶった逆鶴が覆いかぶさる信長の肩口にチラッと天井を見た。

黒と黄金の天井だ。逆鶴は夢中で信長にしがみついた。外の空はまだ薄赤いが四半刻で暗くなった。

逆鶴は謙信の「信長を殺せ！」という言葉を思い浮かべ、丸めた衣服に隠した段蔵の短刀を使おうと思う。段蔵に託された刃先に毒を塗ってあるという小さな短刀だ。まだ、その毒が効けば掠っただけでも信長は必ず死ぬだろう。

それだけが小猿に対する供養だとも思う。

ここで信長を殺せば自分だけのものにもなるのだ。そんな独占欲も逆鶴にはある。深く愛していればこそ当然だ。

信長に抱かれながら短刀に逆鶴が手を伸ばした。

その逆鶴の腕を信長が掴んだ。

「やめておけ」

「信長さま……」

「そう慌てるな。人は必ず死ぬのだ。於豊のようにな」

「なぜ、それを……」

信長が逆鶴を見てニッと笑う。

「余は天下人だぞ鶴……」

あの夜、信長の間者が逆鶴と小猿の争いを見ていたのだ。本能寺と南蛮寺のあたりは秘かに信長の忍びたちに警戒されていた。織田家は信長の祖父信定《のぶさだ》の頃から素破《すっぱ》や乱破《らっぱ》を使っている。

信長は若い頃から二百人を超える忍びの集団を使っていた。

それは信玄の忍びや北条の風魔や上杉の軒猿を恐れたからである。信長は信玄を足長坊主と呼んでその情報収集を警戒した。忍びたちが集めてくる情報を分析できる能力を持っているのは、信玄や毘沙門天の謙信、毛利元就ぐらいだと信長は読み切って忍びを東西に配置していた。

京には竹兵衛という小頭がいてその忍びたちを率いている。

「鶴、いずれ毘沙門天の傍に逝く時がくる。それともここで余を殺したいか……」

「信長さま……」

「殺したいなら、そこの刀架に余の刀がある。斬れるぞ」

「上さま……」

逆鶴は信長を強く抱きしめた。

この時、逆鶴から信長に対する殺意が完全に消えた。

もし信長が死ぬ時は自分も死ぬと覚悟を決めたのである。本当は謙信が死んだ時に密命を抱いたまま、自害するべきだったと逆鶴は後悔していた。死に損なったと思う。

その夜、大天主で信長に荒々しく蹂躙された逆鶴は、何が何んだかわからないほど激しく信長に抱きついた。

その逆鶴が急いで衣服を整えると信長に平伏した。すべてを見ていたかのように、老女が上ってきて逆鶴の傍で同じように平伏する。

「近衛さまの書状にございます」

「うむ！」

信長が無造作に老女から書状を受け取ると懐に押し込んで読みもしない。それを見た老女が黙って階下に降りて行った。

「帰るか？」

「はい……」

「鶴、今日はこの天主に泊まっていけ！」

「信長さま……」

「ここから出ることは許さぬ。いいな？」

言い捨てると信長が階下に降りて行った。逆鶴はポツンと大天主の暗がりに置き去りにされた。

高所が嫌いな逆鶴は恐ろしくて外を見ることもできない。

いつまで経っても灯かりが灯らない。逆鶴は闇に包まれ見えなくなる壁の絵をぼんやり眺めていた。

このままこの部屋に押し込められる恐怖を感じた。そうなれば信長の傍にいつまでもいられるということだ。

七月十七日の月が中天に昇り、月明かりが部屋に差し込んできた。

そこへまた老女が現れた。

「夕餉を差し上げます。どうぞ下へ……」

うながされて逆鶴は三階まで降りた。そこには信長の常の居室がある。

その隣の小さな部屋に逆鶴の寝所が用意された。信長の側室でもこんなところに寝所は支度しない。

老女に寝衣を着せられ、逆鶴は隣の信長の寝所に送り込まれた。

信長が力を入れて築城した大天主は、木曽から運ばれた二百本ほどの巨大な柱で支えられている。

黒漆と赤漆、黄金の金具をふんだんに使った美しい城だ。

城内は大きな吹き抜けになっている。城というよりは南蛮の大聖堂のような内部に造られていた。

逆鶴は安土城の大天主に数日監禁された。

信長の許しがなければ大天主から出ることはできない。何んとも強引で勝手な信長だが逆鶴はうれしい。

このまま大天主に住みついた鶴になってしまいたい。

半月ほど経って逆鶴は大天主の入り口で老女から乱丸に引き渡された。

「鶴之助殿、来月は近衛さまと……」

「はい、八朔の馬揃えには必ずまいります」

逆鶴は乱丸に百々橋口まで見送られて安土城を出た。

その逆鶴が城下外れまで来るとどこからともなく小次郎が現れた。何も言わず逆鶴の後を追った。

安土城に入ったきり逆鶴が出てこない。

小次郎は城内で何かあって斬られたのではないかと心配した。その逆鶴が百々橋口に現れほっとしている。

安土城の警戒が厳重なのは信長暗殺の噂があったからだ。

そういうことは時々あることで珍しくはない。信長は無頓着で気にしないが信長を守る人たちは気が気ではない。万一ということがある。

八月一日の八朔の祭りに近衛前久が参加した。

その護衛に公家侍の逆鶴は鶴之助として安土城下に再び現れた。

八朔の馬揃えは派手やかで安土城下が沸き立った。馬が爆竹を引きずって狂い、馬場から城下に飛び出し大騒ぎになった。

信長はこういう賑やかな大騒ぎが好きだ。

逆鶴も前久の傍について馬で城下を駆け回る。そんな逆鶴の馬術を見て信長が満足そうだ。

その頃、安土城の賑わいとは別に、信長の織田軍は高野山攻めで難儀していた。

信長に謀反した有岡城の荒木村重は城を捨てて逃亡したが、落武者が高野山に逃げ込み、その中の二人に聞きたいことがあるので差し出すよう信長が命じる。

だが、高野山がそれを拒否したため織田軍が高野山を包囲、高野山も六万もの信徒や土豪などを集めて抵抗している。

高野山は十七万石もの寺領を持ち、山上には数千の堂塔伽藍を構える空海のお山だ。

高野山から分かれた根来寺などは、七十万石の寺領と二万人からの僧兵を持っていた。

織田軍は高野山の包囲に三男の織田信孝を派遣して十六万人を集結させた。

信長は無縁の法を言い立てて抵抗する高野山の聖《ひじり》を、次々と千人以上も捕らえて処刑するなど手を焼いていた。

無縁の法とは寺に助けを求める者は、世間を捨てた者だという寺法である。

世間と無縁になった者だから、引き渡しに応じられないという理屈だった。寺とは古くからそういうところなのだ。

その無縁の法で織田軍と高野山が激突した。

というのは表向きのことで、信長と高野山には大和宇陀の領有を巡る長い間の悶着があった。

この頃、西国備中では秀吉軍が毛利軍と戦っていた。

北国加賀や越中では柴田勝家が上杉と戦っている。甲斐には再起不能とはいえ武田勝頼が健在だった。

信長はまだ四方に敵を抱えている。

そんな中で運命の年が明けて天正十年になった。

一月二十八日にはイエズス会の巡察師、アレッサンドロ・ヴァリニャーノに率いられ、遣欧少年使節の四人がスペインやローマに向かって長崎から出港した。

ルネッサンスの花が咲き誇る西欧に、日本人が公式に足を踏み入れることになるのだが、いつ帰国できるかわからない長旅だ。

二月二日に近衛前久に太政大臣が宣下された。

天正六年一月二十日に准三宮宣下を受けて以来のことだ。准三宮は官職というより天皇の一族になる身分だ。

官職としては永禄十一年（一五六八）十二月十六日に、関白を辞任して以来十四年ぶりの叙任だ。

もちろん、この太政大臣就任は信長の推挙があってのことだった。だが、藤氏長者である前久は信長には面従腹背、呉越同舟なのである。

藤原一族の筆頭である前久は天子をお守りすることが、家祖藤原不比等《ふひと》から与えられた永遠の使命である。

それを忘れていない。

千五百年の天皇家を守るためであれば、ぽっと出の信長などどのようにでも処分する。

事実、栄華を誇り皇位簒奪まで考えたという、あの足利三代将軍義満さえ処分されたという。

手を下したのは世阿弥《ぜあみ》だといわれている。

当然、そんな暗殺の真偽は不明だが、天子をお守りするために藤氏長者はどんな手でも使う。そのために前久はいるのだ。

信長に皇位簒奪の意思が見えた時、天皇の知らぬまに容赦なく暗殺計画は発動する。それがこの国の定めであり掟であった。万世一系といわれる天子を守護するとはそういうことなのだ。

この前日の二月一日に甲斐で事件が起きていた。

長篠の戦いで大敗し信長を恐れる武田勝頼は、甲斐に城はいらないという信玄の言葉を信じられず、家臣たちの反対を押し切って韮崎新府城《にらさきしんぷじょう》の築城を始めた。

強引な勝頼の築城が命取りになる。

この築城の賦役が増大して家臣や土豪は、苦しさのあまり徐々に勝頼に不満を募らせていった。亡き信玄が勝頼の治政に不安を感じていたともいわれる。

その不満がついに限界にきた。民百姓が困窮するようでは爆発する。

いち早く勝頼の妹真理姫《まりひめ》を妻に迎えている木曽義昌《きそよしまさ》が謀反。義昌は安土城の木材を売ったことで織田家とはつながりがあった。

義兄の勝頼を裏切って信長の嫡男中将信忠に、弟の上松義豊《あげまつよしとよ》を人質に差し出して出陣を要請する。

そのことが岐阜城から安土城の信長にすぐ通報された。

一方、この知らせを真理姫から受け取ると勝頼は激怒、義昌から人質に取っていた生母、側室と子どもをすぐ処刑した。

武田信豊《のぶとよ》に五千の兵を与えて木曽谷に向けて先発させた。自らも後詰めで一万の兵を率いて甲斐から諏訪まで出陣する。

信長には二月三日に勝頼が木曽義昌の一族を処刑したことが知らされた。

即、信長は武田勝頼討伐を決定、動きは素早く大動員令を発して討伐の織田軍を編成した。

信長が勝頼を叩き潰す時が来た。

中将信忠は伊那方面から、金森長近は飛騨方面から、徳川家康は駿河方面からの攻撃を命じられる。

勝頼に妹を嫁がせている北条氏政に信長の命令は出なかった。

だが、氏政は信長と誼《よしみ》を通じていて、伊豆、上野方面から織田軍の動きに呼応して侵攻を開始する。

勝頼は四方から攻撃されることになった。

こうなると同盟している上杉景勝も迂闊に勝頼を支援はできない。一蓮托生で上杉家まで潰されかねない。

生き延びるには防備に徹して傍観するしかないと考える。

越前から北上してくる柴田勝家を警戒することが先だ。

織田軍の主力は中将信忠軍四万で、伊勢長島から来た軍監滝川一益軍一万が、東美濃岩村城で合流すると五万の大軍になる。一益は若い中将信忠を見張るよう信長に軍監を命じられた。

中将信忠が若気の至りで、勢いに乗って前に出ると敵に狙われて狙撃される。

それを抑えるのが一益の役目だ。

信長の本隊は六万の予定だったが、兵糧のことなど心配があって、丹羽長秀、明智光秀、高山右近《たかやまうこん》ら三万に半減する。

それでも中将軍五万に信長軍三万は大軍だ。

信長は朝廷に働きかけて、討伐から武田征伐に切り替え、武田勝頼を朝敵にしようと試みた。

それに従い太政大臣近衛前久と、万里小路充房《までのこうじあつふさ》が信長の本隊と出陣することになった。つまり、織田軍は天皇の征伐軍ということである。

「鶴、甲州征伐に出陣することになった。一緒に行くか？」

「相国《しょうこく》さま、鶴のお供は邪魔になりませぬか？」

「行きたいであろう。そなたが傍にいてくれれば余も助かる」

「相国さま……」

逆鶴は涙が出そうなほど嬉しかった。

太政大臣は唐名で大相国《たいしょうこく》とか和名でおおきおとどと呼ばれる。

天智天皇の子の大友皇子が太政大臣に任命されてから、道鏡《どうきょう》や平清盛など近衛前久は七十数代目の太政大臣になる。清盛は入道相国と呼ばれた。

なんといっても織田軍の動きは素早かった。

岐阜城にいた中将信忠が二月三日には出陣、乱丸の兄森鬼武蔵長可《ながよし》と団平八郎忠正《だんへいはちろうただまさ》を先鋒に出陣させる。

森と団が若いためその目付として、中将信忠は副将の河尻秀隆を派遣した。

何んとも手際が良い。森と団が南信濃に入ると、勝頼に不満の領主たちが続々織田軍に寝返ってきた。

思いもよらないことでまったく戦いがないまま織田軍は進軍したのである。端っからおかしな戦いになりつつあった。勝頼の強引な新府城の築城は武田領内を疲弊させていたのだ。

信長が怖いだけの勝頼は、領民のことを考えられない大馬鹿者になっている。

長篠の戦に敗れた勝頼は人格が壊れつつあった。本来はそんな大馬鹿者ではないはずなのだ。

大きな戦いに敗れるということはそういうことなのだ。

主力の中将信忠軍が岐阜城から出陣、軍監滝川一益軍が伊勢長島城から二月十二日に出陣。

両軍は十四日に東美濃岩村城で合流した。

十六日には武田信豊軍が鳥居《とりい》峠《とうげ》で早くも木曽義昌軍に敗北。十七日には主力の中将信忠軍が信濃に侵攻を開始する。

その道は森軍と団軍が地ならしをした平穏な行軍だった。

中将軍の北上で信濃の領主たちは城を捨て、信玄の五男仁科《にしな》五郎《ごろう》盛信《もりのぶ》二十六歳の守備する高遠城に逃げ込んだ。

五郎盛信は中将信忠が婚約し、正室と決めている松姫《まつひめ》の同母兄だ。

できれば中将が戦いたくないと思う相手が高遠城に入っている。何んとも皮肉だ。

十八日には徳川家康が浜松城から出陣、徳川軍も素早く二十一日には駿府城にまで進出する。

だが、家康は中将信忠より先に甲斐に侵攻することを遠慮した。

こういう場合、一番手柄は信長の子の中将でなければならない。それが戦場の礼儀というものだ。

先走ると勇み足でろくなことがないと家康は知っている。

北条氏政は伊豆方面から、弟の北条氏邦《うじくに》が上野方面で動き出していた。武田勝頼は抵抗することなくあちこちの領土を失った。

実力以上に欲張るとこういうことになるのだ。

三月一日、ゆっくり北上してきた主力の中将信忠軍、五万の大軍が五郎盛信の高遠城を包囲する。

盛信は本来、越後方面を押さえるため、安曇野の森城に入っていた。

だが、高遠城の信玄の弟武田逍遥軒信廉《しょうようけんのぶかど》が高齢のため、森城と兼務の形で前年に高遠城に入ったばかりだ。

勝頼は信長に攻められることを考え、五郎盛信を重要な高遠城に配置したのである。

この時、賢い仁科五郎は盛信から信盛《のぶもり》と改名して、信の字を上に置いて信長に敬意を払う。

こういうことが敗軍の将でありながら、後世まで名将として名を残すことになった。

松姫を愛している中将信忠はその五郎とは戦いたくない。二人は同い年で面識はないが互いに意識している。困ったことだ。

「彦右衛門の爺、高遠城に降伏勧告の使者を送りたいがどう思うか？」

中将信忠は三千人ばかりが籠城している高遠城を一押しに潰せるが、軍監の滝川一益と副将の河尻秀隆に考えを言った。

「中将さま、兵を損じぬ策は上策にございます」

「仁科殿は信玄入道に似て聡明と聞いております。それがしは中将さまのお考えに同意でございます」

一益と秀隆が納得した。戦わずに開城できれば上々吉だ。だが、そううまく問屋は卸さない。五郎信盛はまったく違うことを考えていた。

「その使者は誰が良いか？」

「仁科殿を存じおりの城下の僧侶などいかがですか？」

「おう、僧侶ならば説得もできよう……」

秀隆に一益が同意して使者が決まった。

すぐ、本陣に城下の僧侶が呼ばれて、高遠城に持って行く信忠の書状と黄金が手渡された。

この時、中将信忠と松姫の間には密かに三法師《さんぼうし》という子ができていた。戦いたくない原因だ。信忠は武田との決戦を想定して、三法師を摂津の山下城《やましたじょう》の側室お鈴《すず》のところに移している。

戦いに関係のない安全な場所だ。

その松姫は兄五郎の子ら二人と一緒に新府城に人質になっていた。疑心暗鬼の勝頼は兄弟すら信じられなくなっている。

中将の書状と黄金が僧侶によって高遠城に届けられた。

「薩摩守さま、中将軍と戦えば多大な犠牲が出ます。ここは、降伏開城こそ肝要にございます」

「ご坊はどこに住んでおられるか?」

「城下にございます」

「ほう、余の城下に住んでいるのだな?」

「はい……」

「不埒者がッ、余の城下に住んでおりながら敵に加担し、降伏開城を勧めに来るとは余を侮った振る舞いだ。成敗してくれるッ！」

「殿ッ……」

「黙れッ、全て持ち帰れッ。誰かこの坊主の鼻と耳を削ぎ落とせッ！」

そう言うと信盛は座を立った。

家臣たちが僧侶を押さえつけて、その鼻と耳をわずかに傷つけて削ぎ落としたことにする。

それは降伏も開城もしないということだ。

血みどろの僧侶が中将の本陣に逃げて行った。仁科信盛は戦って潔く死のうと覚悟している。

「中将さま、松のことお願い申し上げます」

本丸から三峰川《みぶがわ》を見下ろして呟いた。五郎は秘密にされている中将と松姫のことを全て知っていた。

自分が見事に討死することで松姫を助けてもらいたい。

それは中将信忠にではなく、五郎信盛は遠く安土城からこの戦いを見ているだろう、天下人の信長に懇願している。

信長に無様な死にざまは見せられない。

さすが信玄の子よ。松姫の兄よと信長に言わせたい。そうでなければ松姫の生きる道がないのだ。

「中将さま、攻めてまいられよ。及ばずながらお相手仕りまする」

その頃、血だらけで戻ってきた僧を見て、信忠は五郎信盛が戦って討死する覚悟だと悟った。

「よしッ、余が自ら五郎殿の首を討ち取ってくれる！」

「中将さま、なりません！」

「彦右衛門、止めるなッ！」

「なりませんッ！」

一益は信長から血に酔った中将が前に出たがるから、その時は止めろと厳しく命じられている。

前に出れば間違いなく敵に狙われるだろう。

そうさせないための軍監なのだ。中将信忠に戦死されては戦いに勝っても、その結果は取り返しのつかない苦いものになる。

「中将さま、前に出れば敵の格好の餌食になります。ここはまず爺が先陣仕りましょうほどにご辛抱を……」

河尻秀隆が戦いに出るといきり立つ信忠を押さえ込むように言った。

「五郎殿は余を待っているのだ。爺では駄目だ！」

「中将さまらしくもない。ここは何がなんでもお聞き分け願いまする」

「黙れ、一益ッ！」

いつもは聞き分けのいい中将がこの時ばかりはなぜか強情だった。

こういう時は戦場の死神にとり憑かれる。

「中将さまは仁科殿に格別のお考えでもおありか？」

怒った一益が中将の痛いところを突いた。

格別の考えとは松姫のことだ。

信忠が十一歳の頃に七歳の松姫と婚約したことを一益は知っている。五郎がその松姫の実兄だと誰でも知っていることだ。

「何んだとッ。格別の考えなどない！」

「ならば、先陣は鬼武蔵殿と平八郎殿にお命じ下さいまするよう……」

「くそッ。それで余はどこへ行くのだ！」

「中将さまには搦手に行っていただきます」

「何んだと、一益ッ！」

「搦手へ行っていただきます。大手の指揮は副将の河尻殿にお願いいたします」

「黙れッ！」

「これは、上さまのご命令にございます」

「何ッ、そんなことは聞いておらん！」

「このことはそれがしが賜りました密命にて、中将さまにはそれがしと搦手に回っていただきます」

醜男の滝川一益は頑固で売っている男だ。

博打が好きで勘当された一益を拾い、信長がまだ子どもの頃に家臣にし、以来信頼している家来なのだ。

中将に叱られても一歩も引かない。一益の娘は信忠の乳母だった。万一にも、中将に怪我でもさせたら黙って切腹するしかない。

信忠が討って出ることには死んでも同意しかねる。

「殿、それがしに先鋒を！」

中将の家臣団平八郎が攻撃の先陣をと願い出た。

「平八郎、それがしの方が先だぞッ！」

鬼武蔵が先陣は譲れないと平八郎に噛みついた。武将としての意地もある。

「待て、待て、先鋒は年の功でござるぞ。それがしの出番じゃ。お若いの……」

四十二歳の毛利長秀《ながひで》が二人の間に割って入った。若い二人では心もとないという主張なのだ。

一番槍は武門の誉である。後の論功行賞にもかかわる大事なのだ。

「三人とも待てッ。大手門に殺到するのは鬼武蔵に頼もう。中将さま、そのように下知いたしまする！」

副将の河尻秀隆が喧嘩になりそうな三人に断を下した。一益と秀隆がつるんでいる。これでは信忠の出る幕がない。

「中将さま、それがしも先陣は森長可殿でよろしいかと存じます」

そう一益が言う。中将信忠が秀隆を睨んだ。秀隆は幼い奇妙丸《きみょうまる》こと信忠の傅役《もりやく》を務めてきた理解者だ。

一益と秀隆につるまれたら中将といえども抵抗は難しい。

小さく頷いて冷静になった信忠は森長可の先陣を了承、渋々、滝川一益と搦手門に回ることを承知した。

重臣の二人が危ないところに信忠を近づけたくないのだから仕方がない。

信長の密命と言われては万事休すだ。

その夜、どうしても先陣を取りたい団平八郎が、兵を率いて先に三峰川を渡河し始めると、怒った鬼武蔵が兵を引き連れて駆け付けた。

「卑怯者、抜け駆けだぞ！」

「鬼が寝とぼけて何を言うか！」

「おい、そこの二人、その先は深いぞ！」

毛利長秀が兵を率いて現れた。

三人は押し合いへし合い、一番槍を目指して大手門に殺到した。中将信忠と滝川一益は搦手門に回っている。

「門を開けろッ！」

突然、大手門が開くと百騎ばかりの騎馬を率いて、五郎信盛が鬼武蔵と平八郎に襲い掛かった。

狭い大手道で急に戦いが始まった。仁科軍の急襲だった。

うっすらと夜の明けた大手門前は大混戦に陥り、鬼武蔵と平八郎が三峰川に押し戻される。

「口先だけか、だらしのない若造がッ！」

怒った毛利長秀が五郎の騎馬隊に突進して行った。

「押せッ、押し込めッ！」

長秀が兵を励ましながら采配を振る。不意を突かれた織田軍を長秀が必死で立て直す。

「引けッ！」

五郎の騎馬隊は大暴れするとサッと大手門に引き揚げた。

バーンと門扉は閉じられ、早朝の大手門は何もなかったように静まり返った。鮮やかな戦いだ。

「しまった！」

長秀も鬼武蔵も平八郎も敵の騎馬隊の、素早い動きに対応できなかった。

負傷者を後ろに下げ、鬼武蔵と平八郎、長秀の三軍が態勢を立て直して、明るくなった大手門に殺到した。

搦手門の中将軍も敵の銃撃に、岩倉の織田信家《のぶいえ》が討死するなど苦戦している。中将に代わって飛び出したところを信家が狙い撃ちされた。危なく中将が狙撃されて戦死するところだった。

油断すれば大将が狙われるのは当たり前のこと、それが戦場である。

だが、大軍の総攻撃が始まると、わずか三千と寡兵の高遠城は防戦のしようがない。大手、搦手の城門が打ち破られる。

「突っ込めッ！」

「本丸に押し込めろッ！」

死を覚悟の五郎信盛は徹底抗戦で高遠城はなかなか落ちない。

だが、城内に織田軍が溢れてくると、二の丸、本丸付近でも戦いが始まり五郎信盛は奥に引っ込んで自害する。

その御大将を慕って家臣の多くが殉死した。

武田軍の中で織田軍と徹底抗戦し、名門武田の意地を見せたのは、この高遠城の仁科五郎信盛ただ一人だった。

それは信長に見せる武家の意地と妹松姫に対する愛情であった。

城が落ちると領民が首のない仁科五郎の遺骸を、下げ渡してくれるよう信忠に懇願しに現れた。

その首は信長に送られ、遺骸は願い通り領民に渡された。

五郎を慕う領民によって遺骸は埋葬され、そこを五郎山と呼んで末代まで長く崇拝される。

勇猛果敢な五郎は領民の手によって伊那谷の守り神になったのである。

珠光小茄子

その頃、信長はまだ安土城にいた。

勝頼は武田信豊が鳥居峠で木曽義昌に敗北したのを見て、反撃することなく二月二十八日に諏訪から甲斐に逃亡する。

最早、意気地がないとしか言いようがない。

名門甲斐源氏の意地も誇りもないのかと言われかねない有様だ。

こうなると武田軍は戦わずして崩壊、一万人の大軍が新府城に戻った時には千人まで激減していた。

死にたくない者はみな逃亡する。

勝てない戦いだと見ると兵は散り散りに逃げるしかない。

高遠城を落とした中将信忠軍は、勝頼が戦わずに逃げたため杖突峠《つえつきとうげ》から諏訪へ侵攻、諏訪大社を焼き払った。

木曽義昌は勢いで深志城《ふかしじょう》こと後の松本城攻略に向かう。

中将信忠の甲斐入りを待っていた家康は、武田を裏切ってきた穴山梅雪斎《あなやまばいせつさい》に案内されて甲斐に侵攻を開始する。

安土城に信長と出陣する太政大臣近衛前久が入った。

朝廷の代表である前久は本丸御殿で信長と対面した。武田勝頼はすでに朝敵にされている。

「この度は、いよいよ東征、武田征伐にておめでとうございます」

この前久の言葉は重い。朝廷は甲斐を東海の一部と考えているからだ。

信長が征夷大将軍を奏請しても応じなかったのは、甲斐には武田勝頼がいるためで、東征が完成していないと言ってきた。

よって、東海道を攻め下る征夷大将軍は宣下できないという論理だ。

信長はその前久の言葉を無視した。もう征夷大将軍にさほどの魅力を感じなくなっていたのである。

　絶対的な武力を持つ信長はもう怖いものがない。

　多少遠慮がちだったのは上杉謙信が生きている時までだった。謙信が死ぬとすぐポイと右大臣を捨てた。

「鶴は京ですかな？」

「いいえ、連れてまいりました。鶴、入れ……」

　逆鶴は御殿の大広間の廊下に乱丸と控えていた。乱丸が戸を開けると逆鶴が平伏してから大広間に入った。乱丸も一緒に大広間へ入る。

「おう、水干とは珍しい！」

「はい、相国さまのお供にございますればこのようにいたしました」

「そこでは少し遠い。寄れ！」

　信長が命じると前久が振り向いて逆鶴に頷いた。前久の後ろまで進んだ。逆鶴の水干姿は童子のようで信長は気に入ったようだ。

「鶴、乱丸に大天主を見せてもらえ！」

「はい……」

　とぼけて信長は逆鶴に大天主で待てと命じたのだ。

　あの日以来、大天主が怖い。眼が回って体が震えてしまう。

「鶴之助殿、ご案内仕ります」

乱丸と逆鶴が大広間を出た。

「鶴之助殿、何か、具合の悪いことでも？」

大広間を出てから沈黙している逆鶴を乱丸が心配した。

「あの大天主に上るのが怖いのです……」

「高いところが苦手と申されるか？」

「はい……」

乱丸が逆鶴を見て困った顔をした。だが、ニッと笑って頷いた。

「上さまの三階までにいたしましょう」

乱丸は逆鶴にいつも優しい。大天主の階段は急で三階まででも怖いのだ。照柿色の水干は逆鶴をどこの公達かと思わせる美しさだ。

乱丸に案内され大天主に入り、三階の信長の居室に入ると例の老婆と女が現れ逆鶴の体を調べた。

半刻ほど待たされて信長が現れる。

その夜遅く、逆鶴は乱丸に丹羽長秀の屋敷まで送られた。そこに前久がいて酒宴の最中だった。

翌三月五日、信長が安土城から出陣した。

翌六日、信長本隊が揖斐川《いびがわ》に到着すると、高遠から送られた仁科五郎の首が届いた。

「仁科殿はわずか三千にて中将さまの五万と徹底抗戦。中将さまがあっぱれと仰せになられる見事な戦いぶりでございました」

信忠の使いが五郎信盛を褒めた。

「そうか。この首を長良川河畔に晒し、京でも晒せ！」

信長は晒し首を命じる。

もの言わぬ五郎の首が何を言いたいか信長にはわかる。この後、五郎の首は長良川で晒され、京の一条の辻で晒されてから妙心寺に葬られる。

その頃、勝頼は新府城で軍議を開き自分の進退を決めようとしていた。

だが、意見が割れた。小山田信茂《おやまだのぶしげ》は都留《つる》岩殿城《いわどのじょう》に勝頼一族を引き取り織田軍と戦うと言い、嫡男信勝《のぶかつ》は新府城に籠城して戦うべきだと言う。

真田昌幸《まさゆき》は堅牢な上野岩櫃城《いわびつじょう》に勝頼一行を引き取りたい。その御殿は完成して信長と戦う構えを取っていた。

昌幸は新府城の築城にも反対した。だが、勝頼は聞き入れなかった。

信玄に見込まれて信玄の母の一族に養子に入った昌幸だ。長篠で兄二人が戦死したため真田家に戻ってきた。

戦いと謀略の天才だ。

だが、勝頼は岩櫃城では遠いとの理由で、小山田信茂の岩殿城に行くことにする。

この最後の判断が武田家を滅亡させることになる。

岩櫃城に逃げていたら武田家は滅亡しなかったかもしれない。

信長が安土城を発つ前の三日、勝頼は新府城に人質を閉じ込めて火を放ち、一族の女や子どもを連れて岩殿城に向かった。

この一行の中に松姫がいた。

中将信忠は勝頼を追うように諏訪から甲斐に入り、七日には甲府に侵攻してきた。

勝頼と袂を分かち甲府に残り、一緒に逃げなかった者たちを、織田軍は次々と捕らえて処刑する。

ところが九日には小山田信茂に裏切られ、勝頼一行は行き場がなくなり天目山《てんもくさん》に向かう。松姫は兄の五郎信盛がつけてくれた家臣に守られ、勝頼一行と離れて武蔵恩方《おんかた》に逃げようとしていた。

勝頼と別れたこの松姫たちの判断は正しかった。

松姫一行は落ち武者狩りに会うこともなく、苦労はするが無事に峠を越えて武蔵八王子恩方まで逃げ切る。

十一日朝、徳川家康と穴山梅雪斎が甲府で中将信忠に面会した。

その頃、天目山に向かった勝頼一行が山麓の田野で滝川一益軍に発見される。勝頼一行は激減して百人ばかりになっていた。信玄の武田軍は三万人を超える大軍だった。

それが百人とは名門甲斐源氏の断末魔である。

「武田家の方々とお見受けいたすッ！」

一益が、逃亡に疲れ果て田野の百姓家で一休みしていた勝頼一行に叫んだ。

百姓家から勝頼の家臣たちが飛び出して来ていきなり戦いになる。だが、どんなに大暴れしてもわずか百人では戦いようがない。

昼前の巳《み》の刻、勝頼とまだ幼い北条夫人、嫡男信勝と天目山栖雲寺《せいうんじ》を目指したが、その道も塞がれ行き場を失った。

勝頼一行は次々と自害し、新羅《しんら》三郎《さぶろう》以来の名門、清和源氏の甲斐武田嫡流が滅亡した。

勝頼と信勝親子の首は京の一条の辻で晒される。

信長は勝頼が自害した時、まだ東美濃の岩村城にいた。十四日になって信長はようやく伊那阿智村に入った。

そこに勝頼と信勝の首が届いた。

勝頼の嫡男信勝は母親が信長の養女である。

その養女は信勝を産むとすぐ死んだ。そこで、織田と武田の縁を切らないために信忠と松姫が婚約したのだ。

だが、信玄が上洛戦で織田、徳川連合軍と三方ヶ原で戦ったため破談になった。

それでも幼い二人は互いを慕ってきた。乱世の悲劇だ。

のんびりゆっくりと信長本隊は、三月二十一日になってようやく諏訪に着陣する。既にすべての戦いは終わっていた。

北条氏政の使者が戦勝祝いを届けてくる。

織田軍の武将や家康、穴山梅雪斎などが、続々と信長の諏訪の本陣に集まってくる。無傷の大軍だ。

二十三日と二十九日に信長は論功行賞を行った。

一番の手柄は中将信忠を助け、戦いを勝利に導き、敵の大将武田勝頼の首を挙げた滝川一益である。

上野五十万石に信濃から小県《ちいさがた》と佐久、関東管領並みの権限が与えられた。

破格の滝川軍団ができた。それでも醜男の仏頂面が信長を睨んでいる。信長の気に入りの家臣だ。

「何んだ。不満か！」

ほぼ六十万石に関東管領並みの権限など、家中でも中将信忠につぐ破格の待遇だ。

柴田勝家とはほぼ同等で羽柴秀吉より大きな知行だ。周囲は一益が信長に叱られるのではと静まって見ている。

「珠光小茄子《じゅこうこなす》が欲しい……」

一益がぼそりと言う。

一瞬にして空気が凍り付いた。

珠光小茄子は天下一の茶器といわれる名品中の名品だ。

だが、一益が信長に何かを欲しいと言ったことは一度もない。信長は一益が何を言いたいのかすぐわかった。六十万石の知行より小さな茶器が欲しいと言う。

信長の主な家臣の中で、茶道具を貰っていないのは一益一人だ。

仏頂面で、茶の湯のような優雅にはまったく縁のない男と信長は思っていた。それが珠光小茄子をほしいと言う。

恩賞の六十万石の代わりでもいいと言うのだから困る。

確かにあの勝家も丹羽長秀も秀吉も光秀も、信長からそれぞれが名物の茶器を貰っていた。

信長から茶器を貰うことは茶会を開いてよいという許しでもある。

たかが茶の湯だがされど茶の湯なのだ。

「彦右衛門、今、珠光小茄子はやれぬが、欲しければいずれうぬにやる」

「いずれ……」

「不満か？」

「いいえ、いずれでも、頂戴できれば有り難く存じまする」

なんとか話がまとまった。

次は同じく中将信忠を補佐して戦いを勝利に導いた河尻秀隆だ。

穴山梅雪斎の知行を除いて甲斐一国、穴山領の代わりに信濃諏訪など、ほぼ二十三万石を貰った。

次が徳川家康で駿河一国十五万石を貰った。

木曽義昌は本領の木曽谷を安堵の上、信濃から筑摩《ちくま》と安曇《あずみ》を加増された。

中将軍の先鋒を務めた乱丸の兄森長可は、信濃から高井《たかい》、水内《みのち》、更科《さらしな》、埴科《はにしな》などを貰った。

毛利長秀が伊那と高遠城を貰った。

家康を案内した穴山梅雪斎は本領の甲斐河内を安堵の上、嫡男勝千代に武田家の名跡と当主を継がせることになった。

乱丸こと森成利は兄長可の城だった美濃兼山城を貰った。

中将信忠の直臣団平八郎忠正は、河尻秀隆の城だった美濃岩村城を貰うことが決まった。

「乱丸殿、おめでとうござる」

逆鶴は乱丸が城持ちになったことを喜んだ。

「上さまのお世話があるゆえ、城を貰っても入ることができぬ……」、

乱丸が苦笑した。

ところが、この諏訪の信長の本陣で事件が起きた。

真相ははっきりしないのだが、あの賢い明智光秀が信長の嫌う傲慢な言葉を口にしたというのだ。

その言葉尻を咎め、信長が激怒して光秀を打擲した。

幕臣だった光秀は信長の家臣としては新参なのだ。慌てて近衛前久と徳川家康が間に入って止めたという。

だが、この話は本能寺の事件後に、光秀謀反の理由を考えあぐねた者が、うまいこと考え出したようにも思える。

光秀は信長に謝罪して退出、その光秀の額からは血が流れていたなどといわれる。

「乱丸殿、日向守さまの手当てを……」

前久が命じた。逆鶴が布で光秀の傷を押さえた。

「相国さま、もう大丈夫でござる。鶴之助殿も……」

前久は広間に戻ったが、乱丸と逆鶴が光秀の傷の治療に当たった。光秀には時々、高みからものを言う悪い癖があった。

光秀は明敏な頭脳の持ち主であり不思議だ。信長は安土城と京に近い湖西の坂本城

に光秀を入れている。

湖東の佐和山城には丹羽長秀を入れ、湖東と湖西を守らせていた。

それほど、光秀を信長は大切にしていた。だが、その光秀が不用意に信長の逆鱗に触れたというのだ。

「乱丸殿、鶴之助殿、かたじけない……」

光秀は礼を述べて広間に戻って行った。

四月になって信長は甲斐に入る。信忠は躑躅《つつじ》が崎《さき》の焼け跡に信長のため、宿泊する仮御殿を建設していた。

信長は台ヶ原《だいがはら》まで来て初めて富士山を見た。四月三日に信長は躑躅が崎の仮御殿に入る。

この頃、武田の残党と六角義定《ろっかくよしさだ》が、塩山の恵林寺に逃げ込んでいると判明。

信長は恵林寺の快川紹喜《かいせんじょうき》に引き渡すよう命じた。これを紹喜禅師が拒否したため大事件になる。

荒木村重の残党が高野山に逃げ込み、信長が残党を引き渡すよう命じたが高野山は拒否した。そのため織田軍十六万が高野山を包囲することになった。その時と同じ理由の無縁の法である。

信長はそのことを思い出した。容赦しない。

「恵林寺を焼き払え！」

信長の命令で信忠が家臣を派遣して、快川紹喜と百人以上の僧を一緒に焼き払ってしまう。六角義定は逃げてしまい捕らえられなかった。

この夢窓疎石《むそうそせき》が開山した大古刹の恵林寺は、徳川家康と末宗瑞曷《まっしゅうずいかつ》によって再建されるまで途絶えることになる。

四月十日に甲府を発った信長は富士山見物を楽しみ、駿河を貫った家康の手厚い饗応を受けながら旅を続け、十六日には浜松に到着した。

この信長一行は多くの兵を帰国させ、護衛する信長の家臣団と近衛前久たちだけが同行していた。

武田勝頼を滅ぼし、東海道を制圧した信長は上機嫌だ。

四月二十一日に安土城に凱旋する。信長は自信に溢れていた。名門武田家をわずかな戦いで滅亡させ興奮している。それを相手にする逆鶴と乱丸が難儀だった。

近衛前久と逆鶴は京に戻ってきた。

前久は信長に不満でもあるのか、甲斐にいる頃から顔色が優れなかった。それを逆鶴は見落としていない。

信長はもう天下の九分までを手にしたに等しい。

信長に武力で挑むのは西国の毛利ぐらいだ。その西国では秀吉が四月二十七日から備中高松の戦いを開始している。

三職推任

信長が武田を滅ぼしたことで大騒ぎなのが朝廷だ。

朝廷は信長が何を望んでいるのかわからなくなっていた。朝議を開いて信長に関白、太政大臣、征夷大将軍の三職を差し出すと決定する。

信長にいずれかの官職に就任してもらおうということだった。

そんな時、五月になって近衛前久が太政大臣の辞任を奏上する。名目は信長に太政大臣を差し出すためである。

この三職は、全て定員は一名なのだ。

大納言や中納言のように、一応定員はあるが、権をつけて権大納言、権中納言と定員外で何人でもなれる官職とは違う。

権関白とか権太政大臣などはない。

ましてや、征夷大将軍は足利義昭が備後の鞆の浦に健在で、鞆幕府と名乗り小さいながら体裁を整えて活動している。

勅命で官職を取り上げるのは厄介な話だ。

義昭は朝敵でもなければ、朝廷に対して反逆行為を行ったわけでもない。

ただ、信長は過去に征夷大将軍が欲しいと奏請しており、武田を滅ぼしているのだから、大将軍に相応しいのは、誰が見ても天下人の信長しかいない。

だが、朝廷と信長はうまく行っていない。朝廷は信長の武力を恐れ、信長は正親町天皇を疑っている。

それは天皇も同じで、信長は勤皇なのかと不安を持っていた。

朝廷の秩序に取り込まれたくないのが信長だ。そのために信長は右大臣を放り投げたともいえる。

その頃、信長は朝敵ではないのかと疑う誠仁親王、信長に追放された足利義昭、領地を取り上げられそうな四国の長宗我部《ちょうそかべ》元親《もとちか》などの周辺で、信長を取り除く話が持ち上がっていた。

前久は近衛屋敷の隣の二条御所の親王と密談している。

藤氏長者としてこのまま信長を放置しておいていいのかという大問題だ。このことはあちこちで話されていた。

だが、言うは易し行うは難しがこの手の問題である。

信長暗殺など人々が気軽に噂するほど、易々とできることではない。天皇家が危ないのではと前久の苦悩も深い。

信長の武力はかつて本朝が経験したことのない強力なものだ。

朝廷は本来、三軍制の仕組みを持っていたが、それに替わる検非違使を創設して久しくなる。

今は錦旗の立つ朝廷軍というのは編成されない。

鎌倉の頼朝が奥州合戦に率いた二十八万の大軍も、寄せ集めの御家人軍で頼朝は大きな軍というものは持っていなかった。

それは足利尊氏も同じで戦いに敗れて九州に逃亡する。

その九州の大名や豪族を糾合して、大軍で攻め上り楠木正成《まさしげ》を倒して京に入り政権を立てる。

頼朝も北条義時《よしとき》も尊氏も自前の大軍を持っていなかった。

つまり御家人や大名に担がれた将軍であり執権に過ぎなかった。だが信長は違う。三百万石ともいわれる領地を持ち、織田軍は二十万とも二十五万ともいう信長の自前の大軍である。それが向かうところ敵なしなのだ。

今や信長は恐怖の赤鬼であり魔王である。

その信長を取り除くしか恐怖から逃れる手はない。それが前久の考えている信長暗殺である。武田征伐の織田軍に従軍して、前久は大軍の上に君臨する信長の恐ろしさを知った。

「親王さま、最早、これまでかと思われます」

「相国は辞任すると聞いたが、まことか？」

「はい、信長に差し出すために……」

「そうか、やはりここまでか？」

「この先はどうなりますか見当がつきません」

「やはりそういうことか」

誠仁親王と近衛前久の密談はいつも二人だけだ。

「あちこちで動きがあるように聞いております」

「鞆の将軍か？」

「はい、他には四国とか、西国とか……」

「先の内府のことは聞いているか？」

「はい、紹可入道は何を考えておられるか、はっきりとはわかりません。何しろお化けでございますから……」

「そうだな……」

　親王がニッと笑った。お化けのことなど誰もわからない。

　ただ、勧修寺入道尹豊は以前から信長を嫌っている。十四代将軍義栄《よしひで》の将軍宣下にかかわったとか、興福寺別当の人事に介入したとかで、紹可入道の嫡男晴秀《はるひで》が信長に蟄居を命じられたことがある。

晴秀は誠仁親王の女房晴子妃の実父であった。

晴子妃の兄には武家伝奏勧修寺晴豊がいて、信長や所司代村井貞勝らの要求を朝廷に繋ぐ重要な役目をしている。

先の内府が動きだしているなら容易ならざることだ。

この時、お化けの紹可入道が狙いを定めているのが、信長の家臣でも元幕臣である明智光秀だった。

光秀なら信長を討ち取る力があるだろう。

坂本城と丹波亀山城に一万三千の兵力を持つ明智光秀なら、京に近く信長を狙うのに最適である。

京の周辺でまとまった兵力を持つのは光秀しかいない。

光秀は所司代村井貞勝と仕事をすることが多く、公家や京の町衆とも親しくしているから前久も光秀を良く知っている。

明智光秀の娘珠《たま》が嫁いだ細川忠興の父細川藤孝は、京の三淵家の生まれで公家で吉田神社の神主の吉田兼和は従兄弟になる。そんな縁で幼い頃から前久は細川藤孝をよく知っていた。

京は広いようで実に狭く、人のつながりは濃厚である。

それが京の大きな特徴でもあった。明智光秀は信長の家臣になる前は、幕臣として将軍義昭の傍にいたから京に詳しい。

信長と義昭をつないだのも光秀と藤孝だった。

長宗我部元親には光秀の家臣斎藤利三《としみつ》の妹が嫁いでいる。そんなことで、光秀は信長に元親の取り次ぎをしていた。

元親に信長は四国の切り取り勝手を許したのだが、今は、四国を三男織田信孝に与えるため、元親を土佐一国に押し込めようと、信孝と丹羽長秀が摂津に渡海軍を集めていたのだ。元親は信長の変節に激怒している。

そんな信長の心変わりで長宗我部元親は大迷惑である。

四月二十五日、武家伝奏の公家勧修寺晴豊が京の所司代村井貞勝を訪ねた。

二人の話し合いは深刻だった。東征を完成させた信長に、どのような官職が相応しいのか二人ともわかっていない。

ただ、このまま放置することだけはまずいとわかっている。

朝廷は昨年、馬揃えの後に左大臣の内示を信長に示した。その時、信長は誠仁親王に譲位後なら受けるとはねつけたのだ。その後、信長は金神を持ち出して譲位そのものを封じてしまった。

金神とは方位神で祟り神である。

この頃の人々は吉凶の方位を信じていた。祟り神の方位を犯すことは不吉といわれていたのだ。

「先の右大臣さまは左大臣への叙任を拒否されましたが、やはり、征夷大将軍をお望みなのであろうか？」

若い勧修寺晴豊が貞勝に真っ直ぐ聞いた。

だが、村井貞勝は信長の本心がわからなくなっている。

征夷大将軍になって織田幕府を開く考えなのか、それともまったく別な道を考えているのかわからない。

信長はこのところ征夷大将軍を口にしなくなっている。

ルイス・フロイスやグネッキ・オルガンチーノらと親交のある信長は、織田幕府とは別の考えを持っていることも考えられた。それは南蛮の国王である。

村井貞勝はそのことを心配していたのだ。

信長のことだからとんでもないことを考える可能性がある。それを誰も止められないだろう。いざとなれば信長の大軍がものをいう。

「征夷大将軍でなければ関白か太政大臣でも？」

「関白……」

「お望みの官職があれば、お上は宣下なさいます」

「三職のいずれかということか？」

「はい、三職以外にお望みがありましょうか。後は官職ではなく准三宮があるのみですが？」

「准三宮……」

この准三宮は皇族になることだ。

村井貞勝は信長が三職のいずれか、または准三宮を受けるだろうかと考えた。だが、確信は持てない。むしろあり得ないと思う。

信長は勝頼を滅ぼし、進むべき道を見失っていないかを心配する。なにか危ない方向に考えが行っていないかだ。朝議でも信長を無冠のまま放置するのは危険だと話し合われた。

そんな朝廷の焦りが貞勝にも伝わった。

この時、朝廷の心配と貞勝の心配が合致していた。信長に対する危惧があちこちに広がりつつある。

「三職を推任すること、ご了承いただけましょうか？」

「それは承知いたしました。それで安土へのお使いの方はどなたに？」

村井貞勝は三職推任が天皇のご裁断だと理解した。

勅命であれば貞勝には言うべきことはない。三職の中で最も難しいのは征夷大将軍だろう。

この官職は長いこと足利家の世襲となってきた。今も足利義昭が将軍なのだ。

突然の話で村井貞勝は三職推任のことを信長と話し合っていない。従って信長の感触がわからない。

五月三日朝、花山院上臈局、大御乳の人、勧修寺晴豊の三人が安土城に向かった。勧修寺晴豊と花山院上臈局は、朝議の三職推任を信長に伝達する勅使、大御乳の人は誠仁親王の使者だ。

翌四日、花山院上臈局と大御乳の二人は安土城に登城した。だが、信長と面会することができなかった。正親町天皇と誠仁親王の使いが信長と会えない異常事態だ。

勧修寺晴豊は松井有閑邸に入った。

そこに信長の使者として乱丸が現れた。

「勧修寺さまにはどのような用向きの、ご下向のお使者でございましょうか?」

天皇の勅使に対して何んの用向きかとは無礼千万な振る舞いだ。だが、ここで怒っては話がぶち壊しになる。若いが冷静な武家伝奏の勧修寺晴豊はグッとこらえた。

「関東を平らかになされた今こそ、官職におつきになられるべきかと存じます」

「官職とは？」

「関白、太政大臣、征夷大将軍のいずれかということです」

「三職のいずれか？」

「はい……」

「さりながら関白は一条内基さま、太政大臣は近衛前久さまがその職に就いたばかり、将軍義昭さまは備後鞆の浦、どのようになさるか？」

「先の右府さまが望まれる官職を空けまする」

「わかりました。上さまへそのようにお伝えいたします」

乱丸は大急ぎで本丸に戻ると信長に復命した。

信長は再び乱丸を使者として勧修寺晴豊の元に差し向け、天皇の御書だけを受け取り勅使と会おうとはしない。

まことにもって無礼千万な対応である。

天皇の使いがそのような冷遇を受ける覚えはない。それでも晴豊はこらえた。

翌五日は朝から大雨になって、勅使は信長と会えなかった。

六日になって花山院上﨟局が信長の無礼な振る舞いに怒って、何んとしても信長に会いたいと使いを出した。

するとそれに応じて信長は勅使と会うことになった。

だが、信長は三職に対する考えを言わないまま、二人の女房に上機嫌で多くの贈り物を用意する。

三人は信長が何を考えているのかまったくわからない。

夕刻になって安土城の下の湖に三艘の船が支度され、贈り物を積み込んで勅使の三人が京に戻ることになった。

ついに信長が何を考えているのか、三人ともわからないままの帰京だ。

念願の武田勝頼を滅ぼし、天下がその手の中にあるという信長の高揚感を誰もわからないのだ。

絶頂の気分の中に信長はいる。

甲斐の武田を滅ぼしたことは、最早、天下を手にしたに等しい。官位など眼中にない。

村井貞勝が危惧しているように、信長は次の策を持っていないのだ。

最早、織田政権を樹立しようと思えば、資格は充分なのだが、そのための三職に見向きもしないのである。

信長が朝廷から離れたままで、まったく違うことを考えているのではないか。

勅使に対して信長が返答しなかったことで、朝廷の疑心暗鬼が急激に膨れ上がった。

朝廷は極官とも言える関白、太政大臣、征夷大将軍を信長に差し出した。それに対する返答がないとは信じられない。

信長の真意がまったくわからなくなった。

かなり危ない兆候である。天下静謐の政権を作るのではなくまだ戦い続ける。四国、西国、九州と平定して、そのまま日本の外に飛び出してしまうのではないかとさえ思われる。

三職に興味がないのか。

関白と太政大臣は一条内基と近衛前久が辞任すれば空席になる。

征夷大将軍は備後鞆の浦の足利義昭を勅命によって辞任させればいい。朝廷は本気で征夷大将軍を空席にするつもりなのだ。

晴豊は無念の思いで帰京し、朝廷に事態を報告してから、祖父の紹可入道にも状況を話した。

「勅使に対して無礼千万、その態度は皇位簒奪の兆候だろう」

入道が恐ろしいことを口にした。

「それは？」

「勤皇でなければ取り除くしかあるまい……」

そう言って入道が孫の晴豊に無邪気に微笑んだ。

「今さら征夷大将軍になって政権を開く気もなかろう。所詮、征夷大将軍といえども天子さまの臣下だからな。あの男はお上にも頭を下げたくないのだ」

平然とそんなことを言う。確かにこの世には誰にも頭を下げたくない者はそれなりに存在する。

「案ずるな。こういう時にどうするかは藤氏長者が心得ておる。そなたは武家伝奏の仕事を怠りなくしなさい。備後の将軍も動いておるようだから……」

フラフラ飲み歩く入道は、どこにどんな話がこぼれているか地獄耳である。

京や安土の動きを知る由もない備後の足利義昭は、あちこちの大名や元幕臣に信長包囲網の御内書を発給していた。

将軍の帰洛を助けるようにとも命じているが誰も動かない。

信長に京から追放された義昭は堺に逃げ、紀伊に逃亡、備後鞆の浦に入って鞆幕府と称している。

毛利の傘下にいて、いたって意気軒高だ。

将軍の御内書には今や何んの力もないが、大名の上杉景勝、北条氏政、徳川家康、元幕臣の細川藤孝、明智光秀、伊勢貞興、一色義定、斯波《しば》義銀《よしかね》、赤松則房《あかまつのりふさ》、山名堯熙《あきひろ》、山名豊国《とよくに》、筒井順慶、中川清秀《きよひで》など幅広くに発給されていた。

義昭の執念はあきらめるということを知らない。いや、あきらめれば自分が無価値になると知っている。

毛利輝元は鞆幕府の副将軍だが、義昭のために動く大名や武将は皆無だった。

動けば信長に叩き潰されるだけだ。

最早、天下は足利家のものではなく、信長のものと天皇以下誰もが思うようになっている。

夜毎、誠仁親王と近衛前久の計画が話し合われていた。

暗殺には毒を使うのが最も良いが、毒は仕掛けるのが難しい。毒に対してはどこの大名も警戒して、毒見役とか鬼役というものを置いている。

その警戒を突破するのはかなり困難だ。

毛利には世鬼一族という忍びがいて、元就がその世鬼を使っていた。そんな忍びの中に毒使いの名人がいた。

忍びとしては珍しく伯耆の八橋城《やばせじょう》を与えられた杉原盛重《すぎはらもりしげ》という。

だが、盛重はこの前年の天正九年、秀吉が鳥取城を干殺しで落として間もない十二月に死去している。

毒を使うというのは名人でも支度がかなり難しい。

前久の頭に浮かんだのは軒猿の娘の逆鶴だった。

軒猿なら毒を使うこともできるはずだが、このような仕事を引き受けるとは考えにくかった。

今の逆鶴は信長を慕っているようなのだ。

そんな逆鶴に信長を殺せというのは酷な話だ。毒以外で仕留められる方法があるか。

信長暗殺は難問中の難問である。

天皇家の存亡の危機に陥りかねない。

三代将軍義満は強大な権力を背景に、溺愛する息子の義嗣《よしつぐ》を立太子させたというから恐ろしい。

それを皇位簒奪のはかりごととされた。

たとえどんな権力者であれ、それは許されないのがこの国の掟である。その者は間違いなく取り除かれる。

朝廷による三職推任という異常事態によって、信長への不信が一気に噴き出した感があった。三職に対する信長の態度が不信をいっそう募らせたのである。

受けるでもなく辞退するでもなく、無視するような態度の信長の真意がわからなくなったのだ。

極めて憂慮する事態である。

「信長は朝敵になるのではないか？」

そんな折、武田征伐の功で駿河一国を加増された徳川家康が、お礼言上のためと称して安土城に伺候すると伝えてきた。

五月十二日の早暁に浜松城を出発して安土城に向かった。

その家康一行は酒井忠次、石川数正《いしかわかずまさ》、本多忠勝《ほんだただかつ》、服部半蔵《はっとりはんぞう》ら三十四人という極小人数だった。

家康は信長に献上する黄金や武具や軍馬と一緒に安土へ向かう。

それを世話する小者などを入れても少ない供揃えである。それは猜疑心の強い信長に妙な疑いを持たれないためだ。

謀反の疑いなどを持たれては困る。

事実、三河、遠江、駿河と七十万石近い大大名になった家康を、信長は殺したいと考えていたともいわれる。

そんな信長の考えは誰にもわからない。

家康は信長に謀反心などありませんから、どうぞお好きなようにしてくださいと、あえて三十四人という小人数の供廻りにした。

信長は危険だと家康は見抜いていたのかもしれない。

途中で丹羽長秀の手厚い接待を受け、家康一行が安土城に入ったのは三日後の十五日だった。

迎えに出た乱丸に酒井忠次が献上品の目録を渡す。

この時、家康一行の饗応役は明智光秀だった。光秀は一の膳から五の膳まで贅を尽くした品々を揃えていた。

「乱、三河からの黄金三千枚は一旦受け取るがすぐ返す。そのつもりで！」

「はッ！」

信長は献上品の目録を見て武具一式三百足と軍馬百頭は貰う。

だが、黄金三千枚は家康に返すことにする。乱丸たち近習を連れて信長が本丸御殿を出ると摠見寺に向かった。

家康との会見は摠見寺本堂と決めてそこに待たせてある。

摠見寺の本堂には中将信忠や丹羽長秀、織田長益、織田信澄、明智光秀の家臣団と徳川家康、酒井忠次、石川数正らが揃っていた。

信長が家康の前に座ると空気が緊張する。この頃の信長は以前とはがらっと雰囲気が変わっていた。

殺気というのではないがピリピリと周囲の空気が張り詰める。

ただ一人の天下人として異常に警戒しているのか、逆にどうしていいかわからずに精神が不安定になっているのか。

信長の変貌に誰もが気づいてはいた。

「上さまのご尊顔を拝し、恐悦至極にございまする」

家康が信長に挨拶して平伏した。

「遠路大儀である！」

信長と家康の会見は四半刻もしないで終わった。

安土城の大手道に徳川家康の大きな屋敷がある。そこでゆっくり休むように言って信長が座を立った。

その頃、京の近衛屋敷に信長の使者が入った。

前久が、家康を招いて開かれる安土城での饗宴に招かれたのである。

「鶴、急ぎ、安土城に行く。支度を頼む！」

「はい！」

「供は少なくて良い。馬で行こう」

「畏まりました。すぐ馬の支度をいたします」

饗応の席に遅れてはならない。信長が不機嫌になることはしないことだ。

前久は勅使の三職推任に対して、信長が返答しなかったと聞いて暗い気持ちになっていた。

前久も、信長が勤皇ではないのではと疑い始めている。

いや、疑うというよりは信長が勤皇ではないという確信だった。すでに藤氏長者として信長を取り除こうと考えていた。このまま信長を放置しておくことはあまりにも危険すぎる。手遅れになることも考えられた。

勝頼を滅ぼしてからの信長は自信を持ち過ぎているのかひどく危険だ。

信長は安土城を築城し、そこに自らを顕彰して、神になろうとさえしていたのだともいわれる。

そんな前久の鬱々とした気持ちを逆鶴は知る由もない。

安土城に行くと聞いて急にウキウキしている。女も男も同じだが人は誰かを愛してしまうと周りが見えなくなってしまうものだ。

人は愛したいという気持ちと愛されたいという気持ちが錯綜する生き物だ。

誰かを愛したいそして愛されたい。それはごく自然の心のありようだ。逆鶴の気持ちは信長に向かっている。

翌十六日、近衛前久一行が安土城に出立した。

ところがその日、事態が急変する動きが西国備中で起きていた。

西国攻めの羽柴秀吉は備中高松城を攻略しようとしていた。秀吉軍二万と宇喜多軍一万で高松城を水攻めにしていたのである。

そこに毛利の大軍四万が現れたのだ。

秀吉は急遽、安土城に使者を出し信長に救援を求めた。その秀吉の使いが安土城に入った。

援軍といっても信長の手元には、中将軍、明智軍、丹羽軍ぐらいしかいない。

それも明智軍の一万三千が一番多いぐらいだ。

この頃、信長の織田軍は武田征伐で働いたため、それぞれの国に帰して休息を取らせている。信長軍は安土城にまったくいない状況だった。

安土城にいる中将軍ですら千人足らずだ。

信長の傍には兵らしき者は一人もいなかったのだ。すぐ備中に援軍を出すには坂本城の明智光秀に命じるしかない。取り敢えずの明智軍一万三千だ。

信長が出陣するにも後詰めの大軍は少し遅れる。

この頃、丹羽軍七千は織田信孝軍八千と合流して、長宗我部討伐に四国に渡海することになっていた。

信長が今すぐ動かせるのは、近江坂本城と丹波亀山城にいる明智軍一万三千だけだ。

柴田勝家軍は越前、滝川一益軍は上野、河尻秀隆軍は甲斐、森長可軍は信濃と遠くにしかいない。

伊勢には息子の信雄軍一万ほどがいるが、信雄を大将として西国に出すことはできない。その暗愚ぶりを信長は知っている。以前に勝手な出陣をして信長に叱られた次男坊なのだ。

毛利と戦う総大将は中将信忠か自分しかいない。信長はこの時、自ら大軍を率いて毛利討伐に行こうと考えた。

考えた末に信長は西国への援軍として、まず明智光秀軍一万三千を中心に、摂津の池《いけ》田《だ》恒興《つねおき》、中川清秀、高山右近、塩河国満《しおかわくにみつ》、丹後の細川忠興などを先に派遣すると決めた。

秀吉が西国で毛利に敗北すると大ごとになる。

翌十七日に信長が命令を出した。

明智光秀を取り急ぎ備中に出陣させる。光秀は家康の饗応役だったため、信長は丹羽長秀と堀秀政に饗応役を変更させた。

「三河殿、黄金三千枚は返すゆえ、西国出陣の賄いに使ってくれ！」

信長は家康が献上してきた黄金三千枚を返すと宴席でそう言った。家康にも西国へ行ってもらうということだ。

「西国へ？」

「うむ、筑前が備中高松城を水攻めにしているのだが、そこに毛利軍四万が出てきおった。猿めが危ない！」

「上さま自ら出陣を？」

「先に日向を向かわせる。余の出陣は来月になるだろう」

「では、早速、浜松に戻りまして西国出陣の支度をいたしまする」

「いや、三河殿はそう急ぐことはない。折角の機会だ。京や堺を見物して帰国されるがよかろう。出陣はそれからで良い」

徳川軍は後詰めの後詰めで遅れてもいいと言う。

「恐れ入りまする。有り難く、そのようにさせていただきます」

その宴席の信長の傍に近衛前久が座っていた。

前久は信長に挨拶しただけで言葉を発しない。信長と家康の西国への出陣の話を聞いている。

宴席には信長の家臣団と家康の家臣団が居並んでいるのだ。

だが、西国行きを命じられた明智光秀はすでにいなかった。舟で大急ぎ対岸の坂本城に戻っている。光秀にすれば秀吉の援軍などおもしろくない。

明智軍は武田征伐に参陣したが戦ってはいなかった。

坂本城から丹波亀山城に早馬が飛び出した。この頃、光秀は近江坂本城と丹波亀山城という大きな城を二つ持っている。

信長にとって明智軍は京や畿内を見張る重要な軍団だった。

それを備中に先発させようという。もちろん明智軍だけでなく摂津など畿内の大名たちを集結させる。

先発隊として三万ぐらいの兵が光秀と備中に向かうだろうと信長は考えていた。

その饗応の席には出られない逆鶴は、乱丸たち小姓衆と廊下に控えている。警戒でもあり饗応の手伝いでもあった。

「鶴之助殿、天主で待つようにと上さまのご命令でござる」

乱丸が逆鶴の耳につぶやいた。

「天主……」

「はい、後でご案内仕りまする」

「乱丸殿、あのように高いところは……」

乱丸がニッと笑った。信長が「空を飛ぶ鶴が高いところが苦手なようだ」と、おもしろそうに言ったのを聞いている。前回も逆鶴が大天主を嫌がり三階にした。

「天主の最上階はそれがしも足が震えます」

「乱丸殿……」

「やはり三階でお待ちくださいますよう」

乱丸が同情するように小さく頷いた。

実は乱丸も高いところが苦手で、ビクビクして信長に叱られたことがあった。

軒猿が高いところが苦手だなどと言えば恥だが、安土城の大天主は山の頂上に聳える六階建てだ。

山の上からの眺望とはまるで違う。

怖いものは怖いのだから仕方がない。あんな高いところが好きなのは信長だけだ。

湖を望む眺望が絶景なのはわかるが、逆鶴は大天主に上っただけで、外を見なくても恐怖で足が震え腰砕けになる。

その場に座り込んでしまう。平気なのはあの体を調べる嫌な老女だけだ。

たしかに逆鶴は高所は苦手だが、大天主の最上階は特別でもある。それは信長が神になるために用意された、美しくも恐ろしい神の座ともいうべき高みなのだ。

それを逆鶴は感じる。

夜になると信長は早々に宴席を抜けて天主に戻ってきた。家康を招いての饗宴は一日だけではなく数日続く。

機嫌よく信長はほとんど酒を飲んでいなかった。

「鶴、やはり高いところは駄目か？」

「はい、あのようなところは嫌いにございます。落ちたら死にますので……」

「ふん、当たり前だ！」

不機嫌そうに言って逆鶴の傍に来て座った。二人しかいない部屋は小さな灯かりが一つだけで薄暗い。

「鶴、余は二十九日に上洛する。京から兵を集めながらの西国出陣だ！」

「毛利へ？」

「うむ、備中高松だ！」

「京は本能寺に？」

「そのつもりだが妙覚寺の方がよいか？」

妙覚寺と逆鶴のいる近衛屋敷は隣同士だが、四条の本能寺は少し遠いからだ。誠仁親王の二条御所も妙覚寺の隣だ。以前、信長は京の宿所として妙覚寺を使っていたが、ここ数年、同じ法華宗の本能寺を宿所に使っている。

「妙覚寺は中将が使う」

「鶴はどこへでも伺います。西国でも……」

「んッ、西国まで行くか？」

信長が褥に横になった。その胸に逆鶴が覆いかぶさった。

「はい、どこへでも、お許しくださいますか？」

「うむ……」

信長は返事を曖昧にして逆鶴を抱きしめた。

その頃、湖西の坂本城に戻った明智光秀は、西国出陣の支度を急いでいる。

光秀は坂本城から丹波亀山城に移り、そこから摂津に出て備中高松に出陣するつもりでいた。

光秀は他にも福知山城には明智秀満《ひでみつ》を入れ、八上城には明智光忠《みつただ》を入れるなど、山陰道を抑える役目も担っていた。

柴田勝家、滝川一益、丹羽長秀と並んで、光秀は織田四天王と呼ばれている。

　今や、城を二つも三つも持って秀吉を抜いた出世頭だった。その城は最も京に近い近江坂本と丹波亀山、丹波福知山、丹波篠山《ささやま》にある。

　京や安土に異変があればいち早く駆け付ける一万三千の大軍だった。信長が光秀を信頼して京の近くに配備した大軍でもある。

　光秀は秀吉の指揮下に入るのに抵抗があった。

　光秀は坂本城には二度と帰らない覚悟で出陣の支度をしていた。織田軍は毛利軍を破ってそのまま九州に向かう可能性がある。

　信長は光秀に、坂本や丹波亀山を召し上げ出雲、伯耆に国替えするよう沙汰していた。だが、出雲や伯耆はまだ織田の領地ではない。毛利から切り取れという過酷な命令でもある。

　信長のこの命令は光秀にもその一族にも兵にも厳しいものだった。

　つまり明智軍一万三千は毛利領に放り出され、宿なしになる危険性が出てきたということだ。

　明智軍は持てるだけの兵糧を持って、長い放浪の旅に出るようなものだった。

　そんな状況に、坂本城へ戻ってからの光秀は一睡もしていない。一万三千の兵を何ヶ月も食わせるのは容易なことではない。

出雲、伯耆の切り取りには自信がある。

毛利軍と戦っても負けるとは思えない。だが、出雲と伯耆を平定するまで、大軍の兵糧や武器弾薬の補給を考えると頭が痛い。

この時、明智光秀が信長に見捨てられたと思っても仕方ない状況だった。

一方で急ぎの出陣というそんな厳しい状況に光秀は追い込まれていた。

丹後の細川藤孝から兵糧を送ってもらうことも考えた。細川家の嫡男忠興には娘の珠を嫁がせている。

苦しい光秀の心の隙に、畏《かしこ》きあたりから信長を取り除く誘いがあった。

迷いに迷った光秀は眠れない夜が続いていた。その頃、安土城では家康を歓迎する宴が続いている。

白雲寺

五月二十日夕刻、安土城で家康の歓迎の宴に出席していた細川藤孝が、湖を舟で渡って坂本城に現れた。

光秀は藤孝が丹後宮《みや》津《づ》城《じょう》に戻るのだと思った。

この頃、藤孝は信長に認められ丹後宮津城十一万石の大名になっている。

「これから奈良に行く……」

「奈良？」

「うむ……」

明智光秀と細川藤孝の付き合いは古い。

二人は将軍足利義昭の幕臣として仕えてきた。藤孝は京の三淵家に生まれ細川家の養子になった。

近衛前久などの公家とも歌会などで古い付き合いだった。

光秀は藤孝がなぜ奈良に行くのかすぐわかった。奈良郡山の筒井順慶と会うためだと思う。

その用向きが将軍義昭の御内書のことだともわかったが光秀は何も聞かない。

「気を付けて、それがしは二十六日に亀山城に移る」

「丹波からの出陣か？」

「聞いたと思うが出雲、伯耆との交換だ。出陣すればここにも亀山城にも戻ることはないだろう」

「うむ、その交換の話だが間違いなく兵糧不足になる。先々で兵糧が必要になったら遠慮なく言ってくれ、丹後から船で出雲でも伯耆にでも送る」

「かたじけない。その時は使いを出す。支援してもらいたい」

「わかった」

藤孝は信長が西国や四国の切り取りを急いでいると思う。

武田を滅ぼした勢いで西国や四国、九州まで攻め込むつもりだと感じている。それには理由があった。

信長には多くの息子がいる上に、一族や連枝を入れるとかなりの人数になる。

その者たちが天下人の信長にぶら下がっていた。信長の息子たちも次々と成人して一人前になってきた。

つまりその子らに領地を与えなければならないのだ。

嫡男中将信忠には尾張と美濃を与え、暗愚さまの信雄には伊勢を与えている。三男信孝には方針変更して長宗我部を土佐に封じ込め、四国を平定して領地を与える考えなのだ。

京と安土に近い光秀の近江、丹波の領地も四男か五男か信長の弟たちに与える。

そんな計画だろうとすぐわかる。勝家の越前も一益の上野も先々は織田一門に与えられるだろう。

それは家康の三河、遠江、駿府も同じ運命なのだ。

兎に角、織田一門の数が多い。信長には男十一人、女十五人の子がいる。信長の兄弟も男十二人、女十五人がいた。

もちろんすでに亡くなった者もいるが、そこに連枝が加わると領地がいくらあっても足りない状況なのだ。毛利の八ヶ国百二十万石など喉から手が出るほど欲しい。

天下人になったはいいが、そういう一族に領地を与えるとなると、光秀や長宗我部のようなことも起きる。

武田や毛利を滅ぼしたぐらいではとても領地が足りない。

家臣の国替えなど当然のことだ。

光秀から近江と丹波を取り上げ、西国の出雲と伯耆をやるといえば、聞こえはいいが出雲も伯耆もまだ毛利のものなのだからつらい。

光秀には奪い取れという信長の命令だ。

もし戦いにもたつけば、一万三千の明智軍は兵糧が尽きて餓死しかねない。大軍はそれが一番怖い。

藤孝はその飢えを心配して支援すると言う。

だが、藤孝には息子の細川忠興軍がいる。果たして一万三千の軍が食う兵糧を何ヶ月も支援できるとは考えにくい。

気持ちは有り難いが十一万石では支援にも限界がある。

「これから京の吉田山に行く。それから奈良だ」

「吉田兼和さまによろしくお伝え下され、出陣のお祓いもできないが……」

「うむ、承知！」

細川藤孝と公家で吉田神社の神主の吉田兼和は従兄弟なのだ。

兼和は神主だからお祓いなどを頼まれれば、どこにでも出入りをすることのできる不思議な公家だ。

信長とも入魂《じっこん》で、京の所司代村井貞勝とは碁敵で、四、五日に一度は所司代で碁を打っているという。

誠仁親王の当番衆で、二条御所の隣の近衛屋敷には宿直の日に必ず顔を出す。

所司代村井貞勝は吉田兼和を朝廷の間者と見ている。だが、所司代への出入りを禁じたりはしない。

貞勝はこちらのことも漏らすが、朝廷のことを知る窓が兼和なのだ。

吉田兼和が信長のことを知りたいなら、貞勝は朝廷の考えや動きを知りたいということである。

狸と狐の騙し合いのようなものだ。

碁を打ちながら互いにポロポロ漏らせば、まだ利用価値の高い公家だと貞勝は考えている。

何んとも関係が微妙な二人だった。

公家を相手にそういうことができるのは、信長の家臣では村井貞勝と明智光秀だけだ。戦うための武将は多いが、文官として使える武将は少ない。

尾張弁でみゃみゃいう人たらしの秀吉でさえ、公家を相手にするのはなかなか厄介だった。

公家というのは世渡り名人で、なかなか本音を言わず一筋縄ではいかないのである。

翌二十一日早朝、家康は信長に京と堺の見物を勧められ、中将信忠に護衛されて京に向かった。

家康は信長の西国出陣を気にしている。

早く浜松城に戻り徳川軍を率いて上洛し、備中に向かう信長軍と合流したいと考えていた。

そのためにはのんびり京や堺を見ている暇などない。

だが、信長の勧めでは有り難く受けるしかなかった。安土城から三河には向かわず京に出てきた。

家康一行は何かあれば心細い三十四人の小人数だ。

それを護衛する中将信忠軍は八百人ほどしかいない。中将一行の中に近衛前久と逆鶴たちも含まれていた。

京に到着すると家康一行は豪商茶屋《ちゃや》四郎次郎《しろうじろう》邸に入り、中将信忠は軍を率いて妙覚寺に入った。

信忠は兵を京の町家の宿所にそれぞれ分散した。

近衛前久と逆鶴は二条御所の裏の妙覚寺の北隣の近衛邸に戻ってきた。

その頃、坂本城ではまだ西国出陣の支度を整えている。もう一族も兵も戻らない出陣だから大変である。

そこに備後の将軍義昭の使いが現れた。

義昭は信長の帰京要請には人質を出せと言って抵抗した男だ。

だが、備後鞆の浦に入って六年になり、西国で朽ちるのを恐れ、何んとしても京に復帰したいと願っている。

武田信玄、上杉謙信、毛利輝元、徳川家康などに御内書を発して、将軍の上洛を手伝うよう命じてきた。

その信玄も謙信も亡くなり、輝元は副将軍だが信長に攻められようとしている。

家康は将軍の御内書などにはまったく取り合わない。迂闊に将軍の上洛を口にでもしようものなら、信長に疑われ殺されかねない。

そんな中で将軍義昭は幕臣だった明智光秀に時々使いを出してくる。

使いの山伏が秘かに湖上の坂本城へ入った。

将軍の使者は顔見知りの伊勢貞興に御内書を手渡し、光秀とは会うことなく備後に戻って行った。

光秀が使いと面会もしない。当然のことで互いにわかりきっていることだ。

「殿……」

「帰ったか？」

「はい、御内書を預かりましてございます」

「うむ、将軍さまは京への復帰を諦めていないようだな？」

「はい、この御内書をいかがいたしましょうか？」

「読まずとも何が書いてあるかはわかる。後で眼を通そう」

光秀は貞興から御内書を受け取ると傍の机に乗せた。

「出陣の支度はどうか？」

光秀は一万三千の大軍を率い一旦丹波亀山城に入ろうと考えていた。

その夜、光秀は家臣団を集めて、翌二十六日に坂本城から丹波亀山城に移ることを伝える。夜遅くになって、坂本城の光秀の寝所に逆鶴が現れた。

逆鶴は厳重な警備の陸からではなく、湖の舟で湖上の坂本城に近づいて侵入した。

全軍が亀山城に移るため坂本城の船溜まりは全く無警戒だった。見張りは一人もいなかった。

城はすでに捨てられたように静かだった。

城外と三の丸の辺りだけは兵が集まっていて篝火が見える。逆鶴は易々と本丸に入り込んだ。

「誰か？」

光秀が人の気配に誰何した。眠れないでいた。逆鶴は暗い部屋の隅にうずくまっていた。

「近衛前久さまの使いにございます……」

「近衛さま？」

褥に起き上がって光秀が黒装束の逆鶴を睨んだ。

「そなた、鶴之助か？」

「はい、近衛さまの書状を持参いたしました」

「うむ、寄れ……」

逆鶴は覆面を取って顔を光秀に見せる。

あまり話したことはないが、武田征伐の頃から二人は顔見知りだ。

幕臣だった光秀は藤氏長者の近衛前久とは旧知だ。逆鶴もそんな光秀のことはよく知っている。

「書状にございます」

「返事は？」

「聞いておりません」

返事はいらないということだ。

光秀が頷いて書状を受け取った。それを読まずに懐に入れる。

「徳川さまは？」

「堺に向かいましてございます」

「中将さまは妙覚寺だそうだな？」

光秀は京の明智屋敷から京の動きを知らされている。

「はい、兵は千人足らずと聞いております」

「うむ、その兵は町家に分宿と聞いたが？」

「はい、信長さまは西国出陣の兵を京で整えると、近衛さまが安土で聞きましてございます。上さまは二十九日に上洛なさるそうにございます」

信長暗殺など何も知らない逆鶴は知っていることを光秀に話した。そこには極めて重要なことが含まれていた。

「そうか、二十九日か？」

「はい、上さまの西国出陣は六月四日とも……」

「四日？」

「はい、近衛さまのお話では地方から兵が集まるには、五日や十日は遅れるだろうと見ておられます」

「なるほど、出陣は十日過ぎになるか？」

「はい……」

逆鶴は光秀に平伏すると闇の中に後ずさりした。

「明日、全軍で丹波亀山に移ると近衛さまに伝えてくれ……」

「承知してございます」

夜が明ける前、舟に乗って坂本城から逆鶴が立ち去った。近衛前久の書状に何が書いてあるかは知らない。

五月二十六日早朝、明智軍一万三千が坂本城を出て丹波亀山城に向かう。

逆鶴は急いで京に戻った。その夜、前久が近衛邸を出て押小路《おしこうじ》を通り、誠仁親王の二条御所の裏門に入った。

裏門には二条御所の当番衆の高倉永相と吉田兼和がいた。

「お待ちにございます」

わずかな月明かりだけで下の御所の邸内は真っ暗だ。前久の後ろに坂本城から戻った逆鶴が控えている。何んとも忙しい夜だった。

「鶴、ここで待て……」

近衛前久、高倉永相、吉田兼和の三人が闇の中に消えた。

逆鶴は一人で裏門に立っていた。時々門扉に近づいて押小路の気配を窺った。真夜中に人の気配はない。

道端に犬や猫もいない。

前久が吉田兼和に送られて裏門に戻ってきたのは半刻過ぎたころだった。

二人は無言で闇の中から現れ、兼和が門扉を開くと前久と逆鶴が押小路に出た。

御所の裏門がわずかに軋んで閉まった。その時、烏《からす》丸《ま》小路《こうじ》の方から四、五人の影が走って近づいてきた。

逆鶴が前久の前に出て太刀の柄を握った。

「何者だ！」

逆鶴の問いに誰も答えず二人を囲んだ。十四、五間もすれば近衛屋敷だ。

そこへ入る前に囲まれた。五人の盗賊だ。押小路は四、五間の細い道で盗賊が道いっぱいに広がった。

「鶴、抜くな……」

前久が五人を見回した。

「お主が頭だな？」

「おう……」

槍を抱えた大男が前に出た。

「銭か？」

「おおう、さっさと出せ！」

「盗賊をやめるか？」

「何！」

「盗賊をやめろと言っておるのだ」

「きさま、何者だ！」

「この屋敷の主だ」

「こ、近衛前久……」

「そうだ。盗賊をやめると約束すれば銭をやろう」

「しゃらくせえ！」

逆鶴と睨み合っていた長刀の男が斬りつけてきた。

「鶴ッ、斬るなッ！」

前久が叫んだが一瞬遅かった。逆鶴の太刀が鞘ばしると男の太股を深く斬っていた。

「ギャッ！」

悲鳴を上げ長刀を握ったまま男がひっくり返った。

「やったな！」

怒った頭が槍を構えた。配下も太刀を抜いた。

「待てッ。頭、この者は越後の軒猿だ。そなたら四人ではとても倒せぬぞ！」

「軒猿だと……」

「そうだ。十人でも二十人でも倒せまい。それよりここに銀五枚と銭が少々ある。これを持って行け。もう盗賊をするな！」

槍を引いて盗賊の頭が前久を睨んでいる。

「銭袋を投げろ！」

「盗賊をやめるか？」

二人が睨み合った。太股を斬られた男がうめいている。

「やめるか？」

「ああ、伊勢に戻ることにする……」

「うむ、いい覚悟だ。その男の治療代と帰りの宿銭にしろ！」

前久が盗賊の頭に銭袋を投げた。それを受け取って頭が重さを確かめる。配下が、斬られた男の腕を摑んで助け起こした。

「早く手当てをしてやれ、金瘡は深いかもしれぬ、死ぬぞ……」

盗賊の頭が逆鶴を睨んでから背を向けて闇の中に歩いて行った。それを前久と逆鶴が見送った。

村井貞勝の所司代が警戒するようになり、京の盗賊や強盗はめっきり少なくなっている。公家を襲ってもあまり銭を持っていない。

「深手か？」

「はい、少々……」

前久が頷いて近衛邸に入った。

五月二十八日早朝、暗いうちに信長の妻帰蝶一行が安土城を出た。

帰蝶は京見物をすることもあったが、本当の目的は嫡男中将信忠の婚約者武田家の松姫と会うためだった。

武田家は滅んだが、松姫は兄の仁科五郎の家臣に守られ、武蔵八王子恩方に逃げていた。

中将と松姫の間には三法師という息子がいる。中将信忠は武田征伐前に三法師を摂津の山下城に匿っている。

その上で帰蝶と中将信忠は、信長と松姫の会見を京の本能寺ですると取り付けた。そこに三法師も摂津から出てくることになっている。信長が松姫を中将の正室と認める会見が用意されていた。それは五郎の願いを信長が受け入れたということでもある。

安土城を出た帰蝶一行は夕刻には妙心寺に入った。

そこには帰蝶が会いたい人物が来ていた。妙心寺の沢彦宗恩《たくげんそうおん》である。帰蝶と沢彦の出会いは古く、父の蝮《まむし》の道三《どうさん》が生きていた頃の稲葉山城である。

　同じ頃、夕暮れの道を明智光秀と嫡男光慶《みつよし》が愛宕山の神社に上っていた。

　翌朝、光秀は愛宕神社で歌会を開く予定になっていて、京から連歌師の里村《さとむら》紹巴《じょうは》らを招いている。

「光慶、そなたは神社で休め、明朝は歌会だ」

「父上は？」

「うむ、わしは白雲寺《はくうんじ》に籠る」

　二人が別れ光慶と小者は愛宕神社に、光秀は神社の境内にある白雲寺に向かった。

　寺の本堂には妙心寺の禅僧と四国長宗我部元親の使いが待っていた。二人とも光秀の顔見知りだった。

　三人の密談は一刻半ほど続き、光秀は一人白雲寺に残り二人はしとしと降り始めた雨の中、愛宕山を降りて行った。光秀は信長暗殺に迷っている。信長を殺して天下を取れるのか、その見通しはないのだ。

　雨は降っていたがもう夜明けが近かった。

　その頃、安土城では信長の上洛のため、近習や小姓たち百人ばかりが集まっていた。

「荷駄を先に出せッ！」

　乱丸が指揮して忙しく働いている。

信長は御殿に留守居の家臣団を集め、西国に出陣する兵を集めるよう命じていた。

この時、信長は全ての兵を休ませるため郷里に帰して、まだ安土城にはまったく兵がいなかったのである。

戦続きの織田軍を信長は続けて使うことを嫌い、この時は国に帰して休みを取らせていた。

それが大問題だった。

だが、休養を与えないと兵の士気が落ちるのも事実だ。

尾張と美濃の兵はすでに中将信忠の指揮下にある。信長の兵は近江や若狭だから集めればそれなりの人数が揃った。

だが、信長はそれをしなかった。

天下人たるもの常に五千や一万の兵は護衛として率いるべきなのだ。

越前の柴田勝家軍、上野の滝川一益軍、甲斐の河尻秀隆軍、伊勢の織田信雄軍、三河の徳川家康軍、摂津の織田信孝と丹羽長秀軍、備中の羽柴秀吉軍、丹波の明智光秀軍と織田軍は各方面に散らばっている。

信長は近江、丹後、若狭、山城、大和などから四、五万の兵を京に集めて西国に出陣するつもりでいた。

京に最も近い坂本城と、丹波亀山城にいる大軍が明智軍の一万三千だった。

尾張、美濃軍を率いる中将信忠は千人足らずの兵と京にいた。武田征伐の安堵からか信長と中将信忠はまったくの不用心である。

人にはこういう魔の空白ができることがあるようだ。これを油断という。

三河、遠江、駿河の兵を率いる徳川家康は、わずか三十四人の家臣だけで堺にいる。

安土城から京に至るまでが、まったく織田軍のいない空白地帯になっていた。そこに信長は百人ばかりの近習と出て行こうとしていた。

信長は若い頃からこういう油断をする癖がある。

馬廻りを数騎だけ率いて上洛したことさえあった。信長の馬は足が速いから逃げ切れるだろうが、そううまくはいかないこともあるのだ。

信長は何事によらず自信過剰なところがある。

それが恐ろしい油断につながることをわかっていない。勝頼を滅ぼして歓喜の絶頂にいたのかもしれない。

そういうことを許さない者たちがいる。

本能寺

未明からしとしとと雨の季節の終わりをつげる糸のような雨が降り出した。

重たい霧雨で凪はない。

安土城の大天主は垂れ込めた雨雲の中に隠れていた。

湖も霧雨の中にある。

信長は御殿を出ると愛馬大黒に騎乗した。その傍には信長の槍を持った黒坊主の弥助がいる。

黒人の弥助は子どもたちに人気の大男だった。

いつも城下のセミナリヨにいて、近所の子どもたちを集めて遊んでいるやさしい男だ。子どもたちは大好きだ。

「乱、行くぞッ！」

「はいッ、承知いたしました。出立ッ！」

乱丸の声がかかって信長一行の行列がゆっくり動き出した。

霧雨の中を無防備な一行が京に向かった。信長は数百の軍勢に襲われたら逃げるしかないと分かっていた。

だが、近江にも京の周辺にも信長に襲い掛かりそうな勢力はいない。

武田征伐で信長は自信をつけている。こういう時がもっとも危ないのだ。

最早、天下人に等しい自分を倒せる者などいない。西国、四国、九州が残っているだけである。

秀吉が備中で四万の毛利軍と対峙している。

その援軍のため信長自ら西国に出陣するつもりだ。自信は大いに結構だが油断しないことが肝要である。

大黒に騎乗した信長は自慢の南蛮胴をつけ、黒の大マントを着ている。

マントの裏地は鮮やかな緋色だ。信長の馬印は錫広の南蛮帽子だ。本来の馬印は金色の唐傘である。

「乱ッ、この雨は晴れぬな？」

「御意ッ、西が暗く、雨のままかと存じます」

「うむ。この雨だ。山科に迎えに出ることは無用だ。そのように伝えろ！」

「はッ。畏まって候！」

乱丸が馬腹を蹴って前方に駆けだした。

「坊丸、うぬも行け！」

「はいッ！」

乱丸の弟坊丸も馬腹を蹴って飛び出した。

信長が上洛すると京の公家たちが山科辺りまで迎えに出る。

この雨では道が壊れ泥の河になりかねない。そのため信長は出迎え無用を乱丸に触れさせた。

その頃、愛宕神社で百韻の連歌を結んだ光秀は、時は今あめが下しる五月かなの歌を残し昼頃に愛宕山を下りた。

丹波亀山城に戻った光秀は留守居を息子の光慶に命じる。この頃、光秀の腹は信長を討つことに固まっていた。

光秀も信長は朝敵になりつつあると思う。

信長を取り除くには今しかない。光秀は安土城に兵がいないことを知っていた。

西国に行ってからでは手の打ちようがない。毛利を滅ぼして京に戻ってきた信長は、間違いなく怪物になっているはずだ。

なんとしてもここで処分するしかない。

処分の理由は永遠に謎でいい。光秀は信長を倒せば、襲い掛かってくるだろう織田軍と戦う覚悟を決めた。

霧雨の中、足を速めて山科を通過した信長一行が夕刻に本能寺に到着した。

本能寺には帰蝶たちと中将信忠、京の所司代村井貞勝が待っていた。信長はびしょ濡れだった。

深夜になって信長の寝所に逆鶴が現れる。

逆鶴は一刻半ほど信長の傍にいて、雨の上がった夜明け前には本能寺から姿を消した。

翌日には本能寺で茶会が予定されていた。

朝廷は信長から例の三職推任の返事をもらいたい。また、同時に暦問題も解決したかった。

信長は朝廷の使う京暦より、百姓には三島暦や伊勢暦の方がいいと考えている。それでは陰陽寮で算出した京暦で、すべての行事が動く朝廷は具合が悪い。信長と朝廷がこじれている暦問題を近衛前久は重要と考えていた。

朝廷の京暦を廃止しろというような話で受け入れがたい。朝廷はいつの時代も京暦を使用してきた。

それをいきなり三島暦にしろといわれても困る。

閏月や閏年がまるで違うから、朝廷の行事などはボロボロになってしまう。朝廷も公家たちも猛反対していた。

六月一日朝、本能寺に公家たちが続々と集まってきた。

先の関白九条兼孝《かねたか》、先の内大臣二条昭実、関白左大臣一条内基、太政大臣近衛前久、右大臣兼内大臣近衛信基、鷹司信房《のぶふさ》、四辻公遠《きんみち》、水無瀬兼成《みなせかねなり》、中山親綱《ちかつな》、万里小路充房、六条有親《ろくじょうありちか》、聖護院道澄《しょうごいんどうちょう》、甘露寺経元《つねもと》、持明院基孝《じみょういんもとたか》、烏丸光宣、冷泉為満《ためみつ》、飛鳥井雅継《まさつぐ》、今出川晴季《いまでがわはるすえ》、西園寺実益《さねます》、広橋兼勝《ひろはしかねかつ》、西洞院時通《にしのとういんときみつ》、中御門宣光《なかみかどのぶみつ》、徳大寺《とくだいじ》公維《きんふさ》、三条西公国《さんじょうにしきんくに》、庭田黄門《こうもん》、東坊城盛長《ひがしぼうじょうもりなが》、四条隆昌《たかまさ》、唐橋在通《からはしありみち》、中山慶親《よしちか》、五《いっ》

辻《つじ》為仲《ためなか》、勧修寺晴豊、久我季通《すえみち》、飛鳥井雅教《まさのり》、庭田重保《しげやす》、高倉永相、正親町季秀、花山院家雅《いえまさ》、竹中《たけなか》長治《ながはる》、土御門《つちみかど》久脩《ひさなが》、博多の商人島井《しまい》宗室《そうしつ》など四十人ほどが集まった。朝廷の百官が本能寺に移ってきたようなものだ。どうしても信長に答えてもらわなければならないことがある。

信長はこの日、自慢の大名物茶器を披露した。

この茶会に信長の茶頭である宗易や宗及は出ていない。堺の茶人たちはこの時、徳川家康の接待のため京には来ていなかった。

博多の豪商島井宗室が呼ばれていたのは、信長の九州征伐が近いことと、宗室の持っている大名物茶器の楢柴肩衝を信長は欲しいと思ったからだ。

宗室には信長に南蛮貿易を許可してもらいたいという考えがあった。許可をもらえるなら大名物を献上してもいい。

それぞれがそれぞれに思惑がある。最早、天下は信長の同意を得ないと回らないようになっている。

信長が手に入れた権力は絶大だ。

それでいて信長は朝廷の右大臣も右近衛大将も放り投げて、正式ではない上総介に戻ってしまったのだから困っている。天下人が無官という珍事になっているのだ。

近衛前久に従ってきた逆鶴は、いつになく忙しい乱丸と会っていた。

「鶴之助殿、今夜、上さまがお呼びでござる」

「信長さまが……」

乱丸は昨夜、逆鶴が信長の寝所に忍び込んだのを知らない。

不用心を通り越して話にならないほど本能寺は無警戒だった。境内を見廻る兵が一人もいないのだから話にならない。

誰かに狙われたらひとたまりもない。その本能寺の手薄を知っている男がいた。明智光秀だった。

光秀は京で仕事をすることが多く、明智屋敷を持っていて状況を報告させていた。

「囲碁をなさるので遅い刻限になる」

「遅い刻限？」

「さよう、囲碁はいつも長引く……」

「承知いたしました」

十八歳の乱丸は逆鶴もドキッとするほどの美男子だ。

二十六歳の逆鶴はもう若くない。

その茶会では関白左大臣一条内基が、京暦を三島暦などに変更されては困る。陰陽寮でいかに苦労して、京暦を算出するかを説明して信長に翻意を迫ったが、信長は納得しない。

信長は暦を統一するべきだと譲らなかった。

全国バラバラでは困るというのが信長の考えだ。二人の話を京暦の算出に携わった陰陽師の、土御門久脩が黙って聞いている。

三職推任では関白でも太政大臣でも征夷大将軍でも、信長の望むものを朝廷は差し出すと決めている。

だが、三職も暦もなかなか厄介な問題なのだ。

一条内基はいつでも辞任するつもりだし、近衛前久は既に辞任の考えを明らかにしている。

ただ、征夷大将軍だけは備後鞆の浦の足利義昭を辞任させてからだ。

信長は将軍義昭を九州まで、徹底して追い詰める覚悟なのかもしれないと前久は思った。

九州から海の彼方に追放するつもりなのだ。

昇殿できる百官が集まっての茶会でも、信長の官職や暦問題は決まらない。

誰が見ても信長が天下人であることはわかる。その天下人が何を企んでいるのか一筋縄ではいかないから困り果てた。

天皇の譲位問題でも正親町天皇と齟齬ができている。

信長は天正六年四月に右大臣を辞任してから、もう四年間も官職に就いていないのだった。

それでいてこの国で最強の二十万からの軍事力を持っている。

朝廷は信長の扱いに困っていた。

本能寺の大名物拝見や茶会は昼過ぎに終わった。その頃、中将信忠は二条御所で誠仁親王と会っていた。

二人は歳も近く気が合っている。

信長は本能寺に法華宗寂光寺《じゃっこうじ》の塔頭本因坊の日海《にっかい》を呼んでいた。

信長が囲碁の真の名人と折り紙を付けた後の本因坊算砂《さんさ》だ。二十四歳の日海は品の良い囲碁を打ち強かった。

織田家で囲碁の最も強いのは秀吉だ。

若い頃、針売りをしていて覚えた囲碁だが、秀吉は品の良くない賭け碁で無類の強さを発揮する。

秀吉に信長は金や銀を何枚とられたかわからない。

信長の碁は猛烈な攻め碁で、徹底して石を殺しに来る。攻撃一点張りの信長も相当に強い。

囲碁好きなのは所司代の村井貞勝だ。

昼過ぎから信長と日海の碁が始まった。早打ちの信長は夕刻まで二局打ったが日海に負けた。

村井貞勝も一局打ったが見事に負けた。

「利玄坊を呼べ！」

信長が本能寺に泊まると、囲碁の相手をさせる本能寺の林利玄《はやしりげん》が呼ばれた。

まだ十八歳と若い坊主なのだが、もし日海に勝てるとすれば利玄坊しかいないと信長が思っている。

二人の囲碁は深夜まで続き勝負がつかない。三劫《さんこう》ができたからだという。

劫とは仏語で永遠に長い刻を指す言葉だ。信長が逆鶴の待つ寝所に入ったのは夜明けが近かった。

その頃、光秀は軍を率いて京に向かっている。

丹波亀山城の明智光秀は京の明智屋敷からの知らせを待ち、午後の申の刻頃から明智軍を出陣させ酉の刻には全軍で亀山城を出た。

西国に向かうには西の三草山《みくさやま》に向かうのだが明智軍は東に向かった。

光秀は腹心の明智秀満、明智光忠、斎藤利三、藤田伝五《ふじたでんご》、溝尾茂朝《みぞおしげとも》の五人にだけは京に向かい信長を討つことを知らせている。

一万三千の大軍は三軍に分かれ京に向かう。老ノ坂を越え沓掛に出て光秀は全軍を止め休息を取らせた。

（ここが最後の決断の場所だった。

沓掛から道を右に取れば天神馬場から摂津に出て西国に向かう。道を左に取れば桂川を渡って京に入る。

光秀は各隊の大将を呼び集めた。

「これから、京に向かう。上さまのご命令で徳川殿を討ち取ることになった。抜かりなくいたせ！」

各大将たちは西国に向かうものと考えていただけに驚いたが、信長の命令だとの光秀の言葉を信じた。

「桂川を渡河して京に入る。松明を最少にして進軍する！」

光秀は朝もまだ暗いうちから働きに出る百姓を警戒した。大軍が京に向かっていることを知られたくない。

斥候隊を放って警戒する。

「出会う者がいたら殺せ！」

光秀の厳命に斥候隊は途中で、三十人ほどの百姓を斬り捨てることになる。

明智軍は沓掛から道を左にとって桂川に向かった。

その頃、本能寺では日海と利玄の囲碁がようやく終わっていた。所司代村井貞勝は本能寺にほど近い所司代屋敷に戻った。

「上さま、鶴之助殿が……」

乱丸が寝所に逆鶴がいると伝えた。逆鶴は近衛邸を出る時、前久に呼び止められた。

「本能寺に行くのか？」

「はい、乱丸殿から上さまがお呼びと聞きまして……」

「そうか。寂光寺の日海が呼ばれておった。囲碁をすれば夜遅くなるな」

「明朝には戻ります」

「うむ、ゆっくりしてまいれ……」

前久は信長が逆鶴を気に入っていると以前から知っていて、信長に差し出そうと考えたことがある。

深夜、本能寺に入った逆鶴は乱丸の案内で信長の寝所に入った。

それから半刻ほどで信長が現れた。乱丸、坊丸、逆鶴が信長の着替えを手伝う。

「鶴、久しぶりだな」

「はい……」

昨夜会ったばかりなのにとぼけると、信長が褥に座り乱丸と坊丸が廊下に出た。

近習数人で寝ずの番をするのだ。広大な本能寺は信長の近習たちだけ百人ほどでどこにいるかわからないほど静かだ。

もう、厩番や台所衆は起き出す頃だ。信長は逆鶴を抱いて褥に横になった。

その頃、明智軍は続々と桂川の畔に到着していた。

「間もなく夜が明ける。松明を消せッ！」

「丹波口から本能寺に向かう。目印はさいかちの大木だ。静かに京へ入るぞッ！」

明智秀満と斎藤利三を先頭に明智軍が桂川を渡河して京に入った。

その時、中将軍の小倉松寿《おぐらまつじゅ》が町家に泊まっていて早朝の厠に起きた。小便をしていると目の前の小窓から明智軍が見えた。

「なんだ。桔梗の家紋は明智……」

松寿は部屋に戻ると一緒に泊まっていた湯《ゆ》浅《あさ》直宗《なおむね》を揺り起こした。

「湯浅殿、湯浅殿ッ、戦だぞッ！」

「何ッ！」

湯浅が飛び起きた。

「どこに行くのかわからないが明智軍だ！」

「明智だと？」

「うん、桔梗だから明智に違いない」

「どうして明智が京にいる。西国ではないのか。おかしいぞ！」

「急げ！」

松寿は大慌てで鎧を着ると槍を抱えて、急げ急げと湯浅をせかした。

「手柄を上げる時だ。急いでくれ！」

「明智軍が京にいるのはまったくおかしいぞ？」

「いいから、行けば分かることだ！」

二人は鎧を着て兜と槍を抱えて外に飛び出した。丹波口から明智軍が続々と入って来る。

その中に二人は紛れ込んだ。

明智軍は丹波口から東に向かい、堀川通と西洞院通にわかれて北上した。

「湯浅殿、明智軍は本能寺に行くのではないか？」

「このまま北に行けば上さまのいる本能寺だな。こんな朝早くにどうして……」

「おかしいな？」

「西国へ行く前に上さまに挨拶するのか？」

「それにしては兵たちが殺気立っているぞ。これは戦うということだろう……」

四条坊門小路蛸薬師通に出た明智軍が、東の西洞院通、西の油小路通、北の六角通に駆けて四方から本能寺を包囲した。

「湯浅殿、これは謀反だぞッ！」

「おう、そうだ。本能寺に飛び込めッ！」

湯浅直宗と小倉松寿が無人の本能寺山門から境内に飛び込んだ。早朝の山門には誰もいない。

「明智軍だッ。明智軍だぞッ！」

「謀反だッ！」

「包囲されたぞッ！」

二人は叫びながら森閑とした本能寺の広い境内を走り回った。

小倉松寿は信長の側室お鍋の方と、前夫の小倉実房《さねふさ》との間にできた子だ。この時、松寿は弱冠十六歳だった。

信長が本能寺の奥殿で眼を覚ました。逆鶴も遠くの物音に飛び起きた。

「乱ッ。朝から喧嘩か？」

「はッ。見てまいりますッ！」

乱丸が廊下を走った。

逆鶴は素早く部屋の隅に転がると水干を着て太刀を握った。この時すでに厩衆や台所衆は戦いを始めていた。

「上さま、あの音は敵の襲来かと思います」

逆鶴は敵襲だとわかった。

「敵だとッ？」

「はい！」

信長が寝衣のまま褥に立ち上がった。そこに、乱丸が飛び込んできた。

「水色桔梗ッ。明智軍にございますッ！」

「明智だと……」

逆鶴は、坂本城で光秀に渡した前久の書状の中身を瞬時に悟った。太刀を持って廊下に飛び出す。

「力丸ッ、弓だッ！」

信長も廊下に飛び出した。明智では逃げられないと信長は覚悟する。

乱丸、弓を持った坊丸、太刀を持った力丸が走った。逆鶴は太刀を抜いて本堂に飛び出した。

その時、明智軍の鉄砲の射撃が始まった。

逆鶴は本堂の階《きざはし》を下りて境内に出た。槍を持った敵兵が襲い掛かってくる。その槍を右に左に跳ね上げて敵の足を切り、太刀を首に突き刺す。

「鶴之助殿ッ！」

「おう、乱丸殿、上さまはッ！」

「ご無事ッ！」

信長は欄干に足をかけて、弓で敵の鉄砲隊を狙ったが三射目で弓の弦が切れた。

「弥助ッ、槍だッ！」

黒坊主の弥助は信長の槍を振るって境内で戦っている。

「うぬは南蛮寺に逃げろッ！」

信長が命じると弥助は槍を信長に渡し、腰の太刀を抜くと片手で振り回し山門に走った。

明智軍は黒人の大男に驚いている。

山門から飛び出した弥助は太刀を振り回しながら蛸薬師通を東に走った。本能寺から一町ほど東に南蛮寺がある。

本能寺は厩と台所から戦いが始まったが、一万三千の大軍に包囲され、続々と境内に明智軍が入ってきた。

乱丸が階に追い詰められて斬られた。

それでも一人で十人以上の敵を相手にしている。

朝早く本能寺に飛び込み、明智軍の謀反を知らせた湯浅直宗と小倉松寿が討死した。

「乱丸殿ッ！」

「鶴之助殿ッ、逃げて下されッ！」

逆鶴は乱丸を助けて階を上がると本堂に転がり込んだ。

「鶴之助殿、上さまは奥に行かれた。行け！」

「乱丸殿ッ！」

「戦いはこれまでだ。ここでくいとめる。行ってくれ、上さまのご最期を……」

「乱丸殿ッ、御免ッ！」

逆鶴は刀をにぎると信長を追った。信長は坊丸を連れて寺の奥に歩いて行った。

「殿ッ！」

「帰蝶、光秀はそなたを殺さぬ。ここから逃げろ！」

「ご一緒に……」

「ならぬッ。そなたは岐阜に戻れ！」

帰蝶の殉死を許さず、信長と坊丸が寺の奥殿に入って行った。本能寺は村井貞勝に命じて城郭に作り変え地下には弾薬が入っていた。

嵯峨野

信長が奥殿の広間に入った。

そこには地下に下りる入り口がある。その引き戸の前に逆鶴が立っていた。

「上さま……」

「鶴、そなたは越後に戻れ！」

「お供を……」

「それは許さぬ。ここは吹き飛ぶぞ。謙信坊主の墓に余の最期を知らせろ。そなたに余を殺せと命じた男だ！」

信長はニッと笑って引き戸を開ける。

そこに坊丸を先に入れ「さらばだ！」と言って引き戸を締めた。逆鶴は呆然と立っていた。

引き戸を開けようとしたが中から閂が下りていてビクともしない。

仕方なく広間から廊下に出た時だった。ズズッズーンと奥殿が浮き上がるような爆発が起きた。

信長が死んだ瞬間だった。

逆鶴が廊下を走ると奥殿が崩れ落ちた。

するとあちこちからたちまち炎が噴きあがった。

水干姿の逆鶴が炎の中から境内に飛び出すと、明智軍は呆然と燃え上がった本能寺を見ている。

戦いはわずか四半刻あまりで終わった。

百人ほどしかいない寺が、一万三千の大軍に包囲されてはひとたまりもない。

崩れ落ちて燃え上がった奥殿を見て、明智光秀は信長の遺骸を探すよう命じていた。

逃げ足の速い信長が明智軍に気づいて、いち早く本能寺から逃げたことも考えられる。万一、信長に逃げられていたら数日で反撃されるだろう。それこそが光秀の唯一の恐怖だった。

その頃、所司代村井貞勝は本能寺に入れず、中将信忠のいる妙覚寺に入って一旦安土城に引き揚げることを進言していた。

「明智に包囲された上さまを見捨てて、余が逃げられると思うかッ！」

「上さまは既に本能寺でお亡くなりにございます！」

「なぜ分かるッ！」

怒って中将信忠が村井貞勝を睨んだ。

「明智ほどの者が万に一つ、取り逃がすことは考えられません……」

高齢の村井貞勝は冷静に進言する。

「ならば弔い合戦だッ！」

「一旦、安土城に引いて態勢を立て直してからでも、弔い合戦は遅くありません！」

「中将は逃げたと言われるッ！」

ここで戦うしかないと思う中将信忠が鎧に身を包んで妙覚寺を出た。

兵は半数ほども集まっていない。中将信忠は馬で本能寺に向かったが、明智軍が辻々にいてとても近づけない。

「長門ッ、本能寺には入れぬな！」

「御意ッ、妙覚寺よりは二条御所の方が戦いやすいかと存じます！」

村井貞勝は高い塀のある城造りの二条御所に入って戦うことを進言した。

「よしッ、親王さまにお願いしよう！」

続々と四、五百人ほどの中将軍が二条御所に入って各門を守った。

本能寺にいる光秀は信長の生死がわからず苛ついていた。斎藤利三は明智軍を二条御所に向かわせるべきだと光秀に進言する。

だが、信長の遺骸を探す光秀は決断ができずにいた。

「伊勢殿を二条御所に向かわせます」

利三が伊勢貞興軍を二条御所に向かわせようとした。

「中将軍は何人だ？」

「五百足らずかと……」

「うむ、伊勢軍でいいだろう」

光秀が了承して伊勢貞興軍が二条御所に向かった。

その頃、本能寺を出た逆鶴が明智軍の槍に囲まれた。斬り抜けようと思えばできないこともないが無駄な殺生はしたくない。

「水干などを着て、お主は誰の家来だ！」

髭の大将が逆鶴を睨み付ける。

「近衛さまの家臣です……」

「女のような怪しい奴、名乗れ！」

「宇佐美鶴之助。それがしのことは明智殿がご存じだが……」

「何ッ、殿と知り合いだというのか。おい、殿に宇佐美鶴之助を聞いて来い！」

髭の大将が家来に命じる。

「歩け！」

逆鶴は槍に囲まれ、髭の大将と光秀の本陣に向かった。暫く行くと戻ってきた家来と出会った。

「大将、間違いない。近衛家の公家侍だそうだ！」

「そうか、よし、歩け！」

逆鶴が光秀の前に連れて行かれた。

「宇佐美殿、近衛さまの使いか？」

「はい……」

「近衛家に戻られるのか？」

「そうです」

数日前に坂本城で光秀と会ったばかりだ。

「上さまのお傍におられたのか？」

逆鶴は光秀を睨んで答えない。光秀は信長の生死をわかっていなかった。

「お答え願いたい。上さまはお亡くなりか？」

沈黙したまま逆鶴が小さく頷いた。

「かたじけない。近衛家にお戻りくだされ……」

光秀が逆鶴に頭を下げた。それを家臣団が見ている。

山吹色の水干に朝陽が輝いていた。

明智軍の本陣を出ると逆鶴の前にしばらく姿を見なかった小次郎が現れた。

「信長は死んだか？」

道端で傍に寄ってきた。

「ああ……」

「どこへ行く？」

「近衛家に戻る……」

「越後で孫左殿が待っているが？」

「わかっている」

「父上が亡くなって、兄上が二代目段蔵になった」

「お頭が亡くなったのか？」

「お前のことを心配していた。だが、軒猿の掟は掟だからな……」

「わかっている。二、三日後には越後に向かう」

「うむ……」

小次郎は逆鶴を見張っていた。

小次郎が姿を消すと逆鶴は近衛邸に走った。二条御所では中将軍と伊勢軍の戦いが始まっている。

本能寺の明智軍が続々と二条御所に向かう。

「鶴、織田さまはどうした？」

前久が身を乗り出して聞いた。

「本能寺の奥殿でお亡くなりです」

「確かか？」

「はい、地下の弾薬庫に入るのを見ましてございます」

「そうか……」

近衛前久が瞑目して合掌した。

「余は剃髪して、嵯峨野に逼塞する。手伝ってくれ……」

「髪を……」

「うむ、中将が入った二条御所でも戦いが始まるようだ」

既に、二条御所からは鉄砲の音が響いていた。

逆鶴は前久が剃髪する支度を始めた。徐々に二条御所の戦いが激しくなってきた。近衛邸と二条御所は押小路を挟んで五、六間しか離れていない。もし、二条御所が炎上するようなことがあれば近衛邸も延焼する危険があった。

風向き次第だ。

半刻ほど静かになり、誠仁親王が二条御所から上の御所に動座した。するとすぐ戦いが再開。近衛邸は無人のように静まり返っている。ひっそりと近衛前久は剃髪しようとしていた。

そこに、明智光秀が現れた。

前久が光秀と面会した。二人の間に何があったのか逆鶴は知らぬふりをした。ただ使いをしただけだ。

「近衛さま、こちらのお屋敷の大屋根をお借りしたい！」

「大屋根を？」

「中将さまが二条御所に籠っておられる。各門からの攻撃では埒があきません。こちらの大屋根から鉄砲を撃ち込みたい！」

光秀は二条御所に三度の総攻撃をしたが、三度とも中将軍に跳ね返された。

明智軍が本能寺で討ち取ったのは徳川家康ではなく、信長だと知れ渡り士気が落ちて光秀は困っている。

やる気のない明智軍では押し返されるのが当たり前だ。

その時に思いついたのが近衛屋敷の大屋根から、鉄砲と弓で二条御所を攻撃する作戦だった。

「大屋根をお借りしたい！」

光秀が前久を睨んで迫った。屋根でも貸せば光秀に加担したことになりかねない。

「上さまは既に本能寺でお亡くなりだ……」

「中将さまと和睦はできませぬか？」

「近衛さま、中将さまがそれがしと和睦すると思われるか。あり得ぬこと……」

「和睦は無理か……」

「大屋根をお借りする。いつまでも包囲したままでは埒があきません！」

光秀は強引に言って近衛邸を出た。

明智軍の鉄砲隊と弓隊が続々と近衛邸の大屋根に上がった。

大屋根から二条御所の中は丸見えだ。中将軍は次々と明智軍に撃ち取られた。

一刻半もすると戦いの形勢がはっきりしてきた。

近衛前久は剃髪して出家すると嵯峨野に向かう支度を始めた。

嵯峨野には近衛家の別邸がある。そこに逼塞するつもりでいる。

前久は信長が死んでも無傷の織田軍があちこちに残っていて、光秀に弔い合戦を挑んでくるはずだと思う。

越前の柴田勝家は四万以上の大軍団を持っていた。

西国の羽柴秀吉も三万の大軍で毛利と戦っているし、伊勢には信長の次男織田信雄がいる。

摂津には四国に渡海しようと織田信孝と丹羽長秀が待機していた。

かなり遠いが関東の上野には滝川一益がいる。その一益が戻ってくることも考えられた。

この織田軍団が四方から上洛してくれば、京の周辺で壮絶な戦いになることは眼に見えている。

その時、織田軍から光秀に加担したと思われたくない。

公家はそういう生き延びることに長けていた。

それでも、この後、近衛前久は秀吉に疑われ、京にいられず家康の元に逃げることになる。

二条御所の戦いは二刻ほどの戦いで決着がついた。

信忠は自害し中将軍はほぼ全滅。所司代村井貞勝も嫡男も次男も壮絶な討死をした。

中将信忠は息子の三法師を前田玄以《まえだげんい》に預けて脱出させる。

脱出に成功し三法師は、岐阜城に逃げたが危険だと判断し、前田玄以は尾張の清洲城まで逃げた。

本能寺から南蛮寺に逃げた黒人の弥助は、戦おうと二条御所にも姿をあらわすが、戦いには勝てず再び二条御所から南蛮寺に逃げて、九州まで行って遥かな海を渡りマカオに姿をあらわす。

堺にいた徳川家康は三十四人の家臣だけで問題だった。

京の豪商茶屋四郎次郎の通報で信長の死を知り、京に戻って知恩院《ちおんいん》で腹を斬ると覚悟する。

家康は何かあるとすぐ死にたくなる悪い癖があった。

桶狭間の時も三方ヶ原の時もそうで、死にたくなったのはこの時で三回目である。困った大将なのだ。

だが、この時は本多平八郎の猛反対で、伊賀を越えて三河まで逃亡を敢行する。

信長と会うため武蔵八王子恩方から出てきた松姫一行は、安土城の城下を過ぎた辺りで京の異変を知った。

信長の死と中将信忠の死を知り、一行は反転すると武蔵恩方に戻って行った。

この時、松姫は三法師の行方を知らなかった。三法師は松姫のいるすぐ近くの岐阜城に逃げてくる。

こういう大事件の時は人の運命があちこちで交差するものだ。

近衛前久は夕刻には近衛邸を出て嵯峨野の別邸に向かう。逆鶴や小者など極少数の一行だった。

静かな嵯峨野に隠れる。

朝廷は信長を殺した明智光秀の扱いに慎重になった。

朝廷の難題を取り除いた功績は大きいが、前久が考えたように織田軍は各地に無傷のまま残っている。

考えようによっては織田家の内紛といえなくもない。

そういうことであれば朝廷は関与しない。極めて都合のいい事件ということになるはずだ。

光秀の本陣を訪ねたのは吉田兼和だった。勅使ではない。

正式な勅使は現れなかった。光秀は朝廷の考え方のすべてを呑み込んで、その日のうちに各地へ援軍を依頼する書状を出した。

嵯峨野にいる逆鶴は越後に戻る覚悟を決めた。夜遅く、逆鶴は前久の部屋の廊下に座った。

「入れ……」

「はい！」

逆鶴が部屋に入ると前久は書状を書いていた手を止めて逆鶴を見る。

「越後に戻るのか？」

「はい……」

前久が筆を置いた。

「いつ戻る。今夜か？」

「はい、今夜、出立したいと思います」

「そうか。余にできることはあるか？」

「有り難いお言葉にございます。ただ、越後に戻るだけでございますから……」

「段蔵が亡くなったそうだな？」

「はい、新しいお頭にございます」

近衛前久は於豊のことを知っていて口にしない。軒猿の掟がどんなものか前久には知る由もない。

「気を付けて行け……」

「長い間お世話になりました。お暇《いとま》仕りまする」

逆鶴が前久に平伏した。

「死ぬな……」

「はい……」

座を立つと逆鶴は部屋を出た。前久は逆鶴が死ぬ覚悟だと感じた。

その夜、旅支度をした逆鶴が秘かに近衛家の別邸を出て庭にうずくまった。見張っているはずの小次郎に追われたくない。庭の隅にうずくまってしばらく人の気配を窺った。

半刻、一刻が過ぎた。人の気配がない。

だが、逆鶴はまだ庭の隅から動かない。小次郎がどこで見張っているかわからない。越後に向かうには若狭街道に出て北に向かうか、東に出て北国街道を北に向かうかだがそのどこかに小次郎がいるはずだ。

湖を舟で北に向かうこともできる。だが、この道は見張られているに違いない。

小次郎から逃げ切るには西か南しかない。

逆鶴は息を潜め、庭の隅にうずくまったままだ。一刻半、二刻、逆鶴は動かない。月はなく星明かりもない闇だ。

こういう夜は小次郎も警戒しているはずだ。

もう一刻もすれば東の山から白んでくる。逆鶴は一人で越後に向かいたかった。

逆鶴が闇の中を音もなく庭の西にゆっくり動いた。垣根の隙間から体を出して傍の小さな畑に転がった。

畑の溝に沿って傍の林まで這って行き息を潜める。

四半刻ほど息を整え、林の幹に隠れるようにして南に向かった。暗いうちに近衛別邸から一里ほど離れた。

小次郎から逃げ切ったとわかる。忍びの勘だ。

逆鶴は鳥辺野に行き小猿に別れを告げた。

「小猿、もうすぐお前のところに行くから、待たせてごめんね……」

小猿が「姉さま」といって現れそうだ。

「もう、ここには来られないから一緒に越後へ帰ろう……」

逆鶴は小半刻、小猿と話し合いその魂を背負い、伏見街道に出て奈良に向かった。

越後とは全く逆だ。

軒猿に見つかれば必ず殺される旅だ。

笠を被って顔を隠した。迂回して奈良から近江に入り八風峠《はっぷうとうげ》を越えて伊勢に出た。

北国街道に出れば北上するだけだが、小次郎が逃げられたことに気付いて追って来ることも考えられる。

伊勢から尾張に出て三河に向かった。

絶対軒猿に見つからない道だ。三河から三州街道を北上。逆鶴は信濃善光寺に出て越後に入るつもりだ。

越前、越中からではなく南から越後に入る。

逆鶴が信濃に入った頃、嵯峨野の小次郎は逆鶴に逃げられたことを知って越後に急いでいた。

越後に入った逆鶴は春日山城に向かった。

上杉謙信が亡くなり、春日山城の城主は謙信の姉の子で、謙信が養子にした景勝がなっている。

元亀元年（一五七〇）に出家し、生涯妻帯しなかった謙信には、実子の後継者がいなかった。

謙信が急死すると、遺骸に甲冑を着せ、大甕に入れて城内の不識院に埋葬された。

秘かに城下に入った逆鶴は対馬谷に戻ることもできず、城内に侵入して不識院に行くため城下外れの百姓家で夜を待った。

謙信の廟で信長の死を報告して自害する覚悟だ。信長を殺せとの謙信の密命を逆鶴は実現できなかった。

謙信と信長という二人の男を愛した逆鶴がやはり最愛の仏の胸に戻る。

深夜、逆鶴は春日山城下の白山神社《はくさんじんじゃ》にいた。

神社の裏山から但馬谷に入り山頂に近い不識院に登って行く。急峻な谷で危険な崖が続いている。

逆鶴は足場を確認しながら谷底に落下しないよう登って行った。

山頂の本丸近くに諏訪堂、護摩堂、毘沙門堂など謙信の祈禱所が建っている。

その一隅に不識院が作られたことを逆鶴は知っている。但馬谷の崖に取りついて登り草むらに身を隠し、音を消して不識院に近づいて行った。

満天の星空で逆鶴が動くとその影が動く。

木の陰で暫く人の気配を探っていた逆鶴が不識院の前に姿を現した。近づくと扉の前にうずくまった。

「戻って来たな……」

逆鶴は顔を上げて星明かりに人影を見た。

不識院の裏から出てきた人影が孫左だとすぐわかった。その時、逆鶴の後ろにも人影が立っていた。

逆鶴が振り向いた。小次郎だと星明かりでわかった。

「抜けッ！」

孫左の声に逆鶴は立ち上がって太刀の柄を握った。

それを見て孫左がゆっくり太刀を抜いた。星明かりにキラッと刀身が光る。逆鶴は斬られることを覚悟で太刀を抜いた。

小次郎が二歩、三歩と後ろに下がる。

中段に構えて孫左が前に出る。

逆鶴は太刀を肩に背負い、身を屈めて一歩、二歩と左に回った。孫左の胴を払うつもりだ。

「シーッ……」

孫左が間合いを詰めてくる。逆鶴は間違いなく斬られると思った。

「シャーッ！」

瞬間、逆鶴が孫左の胴を狙った。その切っ先に孫左が太刀をすり合わせる。

逆鶴は後ろに飛び跳ねた。孫左が逆袈裟に斬り上げてくると感じて逃げた。そこへ孫左が無音で二段に踏み込んできた。

逆鶴は地面に転がって逃げた。

「立て！」

孫左が太刀を中段に置いて逆鶴が構えるのを待っている。

とても逆鶴の相手ではない。とてつもなく強い。聞きしに勝る使い手だ。軒猿とは思えない。

まるで修行を積んだ剣士のようだ。

逆鶴はゆっくり立ち上がると、再び太刀を肩に背負い左に走った。それに孫左がついてくる。

「ターッ！」

「おおうッ！」

孫左が逆鶴の斬りつけた太刀を跳ね上げた。

その瞬間、逆鶴の胴を孫左の太刀が走った。逆鶴は一回転するように地面に叩きつけられた。

「鶴ッ！」

「ま、孫左どの……」

逆鶴はもう虫の息だった。

「と、とどめを……」

「鶴ッ！」

小次郎も走り寄ったが既に逆鶴は息絶えていた。

戦いの一部始終を軒猿の新しい頭領、加藤段蔵が護摩堂の陰から見ていた。

その頃、京の山崎では、西国から駆け戻ってきた羽柴秀吉軍四万と、それを迎え討つ明智光秀軍は少し数が増え、一万六千が決戦のため勝龍《しょうりゅう》寺《じ》城《じょう》に集結していた。

完

本書は書き下ろしです。

中公文庫

軒猿《のきざる》の娘《むすめ》

2024年6月25日　初版発行

著　者　岩《いわ》室《むろ》　忍《しのぶ》

発行者　安部順一

発行所　中央公論新社
〒100-8152　東京都千代田区大手町1-7-1
電話　販売 03-5299-1730　編集 03-5299-1890
URL https://www.chuko.co.jp/

ＤＴＰ　ハンズ・ミケ
印　刷　大日本印刷
製　本　大日本印刷

Published by CHUOKORON-SHINSHA, INC.
Printed in Japan　ISBN978-4-12-207525-2 C1193